U0097660

世界文學
經典名作

親愛的敵人

DEAR ENEMY

JEAN WEBSTER

珍・韋伯斯特 著
李常傳 譯

《親愛的敵人》簡介

同樣是以「信的方式」來展開本書的各種情節，如果你還沉迷於前集，對於孤兒的朱蒂一往情深的話，可能剛開始對於新登場的靈魂人物，一頭紅髮的莎莉，會產生某些排斥與抗拒，可是五分鐘之後，你就會後悔有這種情緒了。因為這個續集場景更加恢宏、氣勢更加磅礡、精神層次也更加寬廣——同時你也會見識到這位率性的新院長，如何從一位千金小姐的身分，變為腳踏實地有積極作為的新女性。

延伸前集的故事，除了一己之愛更擴及到利他之愛（agape），全書更加精彩、更加溫馨感人。在臨時被授命為孤兒院院長的莎莉，如何縱橫其中，在排除萬難中，如何大刀闊斧地過關斬將，創造出一個完全不同於往昔的孤兒院的新貌，同時也喚起社會一群冷漠的人士，她不僅改變所有一百多位院童的命運，也喚起了社會對慈善事業的覺醒，意義可謂相當深遠——

因此，《親愛的敵人》在一九一五年出版後，馬上在次年的一九一六年登上了美國年度十大暢銷書的行列！

朱蒂．亞伯特小姐終於向獨身生活告別，成為班頓夫人的她，十分幸福地過著日子！巧筆生花的珍．韋伯斯特女士為了延續她的告白，便需創造另一個鮮活的人物。於是，隨著朱蒂的退居幕後，她的大學同窗好友莎莉．瑪格布萊德小姐登場了，成為書信大軍的主筆人。

珍．韋伯斯特女士的慧心不能止於描摹朱蒂的靈秀與聰敏，她必須為朱蒂的舊居再做一番適切的安排。約翰．葛利亞孤兒院曾經是乏味的地方，所以必須改造它；約翰．葛利亞孤兒院曾經是毫無生氣的牢檻？所以必須打碎它；約翰．葛利亞孤兒院曾經是敗壞孩子童心的洞穴，所以必須調整它。

約翰．葛利亞孤兒院的所有陰暗面，朱蒂都品味過了，她幸而因為慈善的查比斯．班頓先生鼎力相助，而逃離灰色的命運。但福氣不能單由一個人獨享，朱蒂有一顆活潑靈動的愛心，她必須首先抒發在與她有同樣遭遇的孩子身上。主要人物雖由莎莉．瑪格布萊德擔綱，前集中的朱蒂與查比少爺仍然藉由莎莉寄出的信函而活躍在書中。

前集由朱蒂向長腿叔叔做單方面的通信；本書則在莎莉的書信集中，接信者已非只一人。莎莉通信的主要對象雖是朱蒂，但有關她的感情生活卻也占居主要的情節之一。在孤兒院的點點滴滴、酸甜苦辣的境遇中，莎莉與她的「親愛敵人」羅賓．馬克廉大夫從互有誤解到相知相愛，藉著共同為孤兒院付出心力的無私過程中，兩人的終將攜手走完人生的旅程，那是讀者從書中的暗示明表之中都可解讀得出的。

除了莎莉的感情史，本書的著重點當然是放在約翰·葛利亞孤兒院的起死回生之上。使孩子能像個真正的孩子，那原是我們善良的心地都深切期望的。因此當我們觸目所及，那原始的孤兒院在無生氣的里貝特院長管理下，使孩子的活潑本性受到徹底的壓抑，我們的心都要碎了！雖然書中只把前任院長的事蹟約略表過，卻已使我們心情鬱悶！想到的是，這世間不知有多少孤兒是在那麼刻板的環境中受苦受難，而我們卻束手無策。多麼不甘心啊！

那麼多有待開發的真性情，那麼多必須扶持的幼小新苗，他們不幸而遭遇到最殘酷的遺棄。這世界卻常常讓他們苦還要更苦！像莎莉與朱蒂、查比斯與羅賓這樣的性情中人或許不在少數，但他們苦於無著力點，不知對不幸者當從何處幫起。因此，莎莉與羅賓在幕前盡力，班頓夫婦在幕後全心支持，約翰·葛利亞孤兒院的個案就更顯得光輝而溫馨。

珍·韋伯斯特女士創造了鮮活的人物，更創造了堪稱真實的情節。她的小說是寫實的，小說中的人物則不失浪漫，這正是她的成功處。面對現實的奇形怪狀，若不能保持執著於理想的浪漫情懷，怎經得起人生競賽場中的風風雨雨……

十二月二十七日　麻塞諸塞州　史東・蓋特宅

朱蒂：

來信已經收到了。我相當的意外，不禁又多看了一次。妳是說，查比斯要把改建約翰・葛利亞孤兒院的錢作為聖誕禮物，而且還讓我全權處理這筆錢？我——莎莉・瑪格布萊德要成為孤兒院的院長？不知道你們兩位是否腦筋有問題？還是吃了太多鴉片，或發燒過度，才會說出這種夢囈？雖然我無法在動物園工作，但是要我照顧一百多個娃兒，不也就像動物園一樣，那還是行不通的啦！

妳在信上所寫的，那位風趣的蘇格蘭裔醫生，是不是要做為騙我去的誘餌？朱蒂——還有查比斯——您兩位所打的如意算盤，我可是心知肚明呢！班頓家在舉行什麼樣的家庭會議，在下可是一清二楚的。

莎莉・瑪格布萊德

F.S.

①謝謝你們的招待，下週有位叫戈登·哈洛克的俊美青年政治家要到紐約來。如果你們也能和他認識的話，一定會喜歡上那位紳士的。

P.S.

②這是想像莎莉在孤兒院的散步圖。再問一次，你們兩人腦袋瓜真的沒問題嗎？

二月十五日　約翰、葛利亞孤兒院

朱蒂：

辛格鮑爾、珍還有我三個，昨夜就像一陣風似地吹到了孤兒院。一個孤兒院院長竟帶著女傭和大狗，實在是破壞形象。一直等著我的夜警伯伯及管家太太，都被我們嚇了一跳。他們從來沒看過像辛格鮑爾這樣的狗，一定認為我把大野狼帶到小綿羊之家了。我告訴他們，這是狗啦，守衛的伯伯才瞪大眼睛，看著辛格的黑色舌頭說：「你是不是都餵這隻狗吃歐羅肥啊？」

要找到能收容我們這一家的地方，可也不簡單。可憐的辛格一路上嗚嗚咽咽地哭著，被帶到破舊的柴房去，隨便鋪上大麻袋便算是窩了。珍的命運也好不到哪裡去。這棟房子只剩下病房裡一張小孩用、長一米半左右的床，而珍的身高妳也知道，至少有一百八十公分以上。不得已，珍只好擠在那張小床上，像隻蝦米般的睡覺。儘管如此，我們三個仍然衷心盼望著回威斯特的日子到來。

這兒的人對我的看法，因為珍的緣故而不是很好，我心裡也很明白這點。

可是，妳該知道我一家子的情形吧。在我努力地說服所有人之後，我還是無法拒絕讓珍也跟著來。本來想說，在營養的問題上不會有差錯才帶珍來，說是不會熬夜——而且只是短暫的停留而已。妳知道要是我不帶珍來的話——我的天，除非是我不想再踏進我家大門了！所以最後什麼都跟過來了，然而在這裡，好像不太受歡迎的樣子。

今天一大早聽到鐘聲張開眼睛時，老天！在我的上空竟出現了二十五個小女娃兒吱吱喳喳的畫面。妳知道嗎？那些個小孩——只不過是洗把臉而已——又不是要她們洗澡，一個個簡直就像落水狗一樣，全身濕淋淋的。我起身換好了衣服，到處看了一會。原來妳一直堅持——除非我答應，否則決不讓我先看看孤兒院的情形——這件事是多麼狡猾哦！

我想應該讓大家知道我來的事，所以就決定在孩子們吃早餐的時候到餐廳看看。我的天啊！如此一幅慘不忍睹的景象——什麼裝飾也沒有的土黃色牆壁、厚重的油布桌巾、油膩膩的杯盤、木條板凳、還有牆上掛的那句銘言「感謝主賜給我們食物！」有這種室內裝潢觀念的董事先生，一定有很可怕的幽默感。

朱蒂，真的，我作夢也沒想到世界上會有這種地方。當我看到那些個臉色慘白，套著青格布制服，畏畏縮縮的小朋友時，不禁察覺到自己的擔子有多沈重，再也提不起一絲絲勇氣來了。這一百多個小朋友，每個人都需要一個母親。對我來說，把陽光引照到這些小朋友的臉上，是一件無以倫比的「重大工程」。

我之所以會這麼「輕敵」而跳入這個陷阱，除了妳一直大力鼓吹之外，另外一個原因就是戈登．哈洛克——他聽到我要來孤兒院當院長時的大笑聲……你們實在是很狡猾，一定是對我施了什麼催眠術吧。不過啦！我還是很熱心的，在我仔細鑽研了十七本有關孤兒院的書後，想要實際付諸行動的決心也是事實。但此刻，當我來到這兒時，卻只能傻傻地愣在一旁。想想看，將近百人的未來健康、幸福，全操在我手中。這些小朋友的小朋友，以及上千個他們的子子孫孫的命運（若由幾何級數來計算的話），當然也全部和我有關。我已經越來越迷惑，當初為什麼要接受這份差事。拜託！拜託！請再另覓高明可以嗎？

珍剛來告訴我要準備用餐了。我在孤兒院裡已享用過兩頓餐點了，但我不想再用第三餐了。

〈再次提筆〉

這邊的工作人員吃的是碎羊肉和菠菜，飯後點心是木薯布丁。我一想到孩子們吃的東西就難過極了。

我寫這封信是要告訴妳，我打算在今天早餐時發表我的第一次演說。除了告訴他們，約翰．葛利亞孤兒院今後將會有美好地改善外，同時也告訴他們這一切都是董事會會長查比斯．班頓先生以及這些小朋友的「朱蒂阿姨」班頓夫人所賜予的。

在妳聽了這些讚美後，請先不要激動！我這麼做是因為——藉著孤兒院全體員工都聚在一起的機會，我必須讓他們了解，今後美好的改革完全是「上級」的命令，而非我這個「新官」上任的獨裁「主張」！

所有的小朋友放下湯匙，直盯著我看。也許是我這副德性——滿頭紅髮、一點也顯不出尊嚴的鼻子，這種人當孤兒院院長是否能讓人信服呢？

雖然還沒見過那位查比斯說的蘇格蘭醫生，但如果他能和其他同事與幼稚園老師和諧相處的話，那他一定是位紳士。我決定了，即使小朋友個個成了冰雕，我也要消滅孤兒院內所有「不好的味道」！

下午雪停了，午後的陽光灑在院子的地面上，我下了一道命令，不准他們再待在監牢似的遊戲室內，把他們通通趕到戶外去遊戲。

「她就要把我們統統趕出去了！」一個穿著外套顯然是太短了的小孩這麼說。

孩子們只是穿著外套，縮著背，呆呆地佇立在院子裏，好像只是在等著下一道叫喚回到房裡的命令罷了。沒人跑、打雪仗、丟雪球——他們不知道如何「玩」？

〈再次提筆〉

我已經開始做我喜歡的事了——花妳的錢。下午去買了十一個熱水袋（在村裡的藥店買），還買了幾條大毛巾。當晚，把小孩睡的房間所有的窗戶打開來。聽到他們說，終於可以在夜裡呼吸了，我的心中充滿了一種前所未有的感動。

雖然不滿的話題堆得像山一般高……十點半了，珍說，不上床睡覺不行了。我會照妳的吩咐，努力去工作！

莎莉．瑪格布萊德

P.S. 上床前為了確定一切都無誤，我踏著腳尖走在廊上，妳猜我看到什麼？史密斯小姐又把小孩睡房的窗戶關起來了！我實在是想把她送到養老院去。珍已經對我手中的筆——虎視眈眈了。晚安！

二月二十日約翰．葛利亞孤兒院

朱蒂：

下午，羅賓．馬克廉醫生來了——為了見見新院長。

如果你問一下你老公，看看他在羅賓醫生去紐約時，他做了什麼就明白了。最令我奇怪的是，他竟告訴我說這個馬克廉醫生見多識廣、宅心仁厚。我曾經相信過查比斯的話，如今證明他是錯誤的。

羅賓大夫高高瘦瘦，有著一頭淡褐色的頭髮和冷酷的灰眼，嘴角總是抿得緊緊地，不苟言笑。（然而，我可是一直很親切的哦！）他那種與生俱來的蘇格蘭氣質，那張臉簡直就像花岡岩做的墓碑一樣。

這位醫生和我還算有一件值得慶幸的共同點。由於我們都是新手，所以他對這個孤兒院的事，還不算插手得太嚴重。但從他一點也不了解小嬰兒的情形看來，我差點想脫口而出說，他實在不會輸給獸醫多少。

至於孤兒院的教養問題，在這邊工作的仍有人彷彿都想教育我。
今天早上，廚子甚至告訴我，孤兒院在每個星期三晚上一定要吃玉米粥。
妳快點換新院長吧！
我會在新院長來之前，待在這兒幫忙，但是一定要快哦！

痛下決心的　莎莉·瑪格布萊德

二月二十一日　約翰・葛利亞孤兒院　院長室

戈登先生：

不知道您是否還在生氣，我沒能照著您的意思去做？您大概不曉得我們這種愛爾蘭種的紅毛人是和蘇格蘭人的血統不一樣的吧？我們是吃軟不吃硬！

我很後悔五天前所做的事，現在不得不向你告白。你是對的，我錯了。如果我能馬上跳開這種立場，從此以後我一定會好好聽你的話。我真懷疑會有這種勇於坦白認錯的女人。

朱蒂對這個孤兒院羅曼蒂克的浪漫說法，完全是她的空想而已。實際的情況根本無法用言語來形容。我實在找不到恰當的字眼，來形容這兒的寂靜、冷清、空洞的長廊，無趣的牆面，還有不明白為何要穿上一身藍色制服的孩子。而且孤兒院內永遠充斥著潮濕的床、不通風的房間、呆板的餐廳——這一切的一切所混雜的味道。

除了孤兒院需要重建之外，這裡的小孩子也極需重建。像莎莉・瑪格布萊德這種任性、浪費、愛花錢的大小姐，是不可能成就得了大事業的。只要朱蒂一找到合適的接班人，我就馬上滾

國會
JGH
約翰、葛利亞孤兒院
紅髮女子

蛋。可是，怎麼會那麼久呢？由於我曾和她約定，所以我不能說走就走，撒手不管。可是，有一件事是千真萬確的——我患了嚴重的思鄉病。

請給我能振奮精神的信，而且，送束花給我那間會客室，使它變得明亮點。我從前任院長手中原封不動地接收了它——淡褐色的壁紙、金色的圓桌，還有淡藍色的天花板、濃綠的地毯。如果我能收到粉紅色的玫瑰，它一定會更好看。

在我們最後一次見面的那個晚上，我真的說得太過份了點。不過，那可是因為你的緣故。

正在懺悔的　莎莉·瑪格布萊德

P.S.

關於那個蘇格蘭大夫的事，老實說，我們彼此第一眼看到對方都不是頂順眼的。照這樣兩人一起工作下去的話，那可有好戲看啦！

二月二十九日

戈登先生：

很高興接到你的「萬金書」。我知道你是大有錢人，可是這樣的花錢法，實在是一種浪費。如果你真的急著想告訴我，也用不著打封一百字的電報，至多打個夜間電報就夠了。反之，你如果真的一點也不在意錢的話，孤兒院倒是很歡迎你這種人。

還有，請你培養一些常識好嗎？我絕對不能像你所說的，不負責任、隨隨便便就離開！我知道這話對你是重了一些，但是那兩個人對我而言，是比你更久更久的老朋友呀！我可不願意讓他們陷入那種困境。我之所以到這兒來，可能冒險心理也是一個重要因素吧。如果我是那種傻呼呼的純情少女，你一定不會喜歡我的。所以啦！我並不想給自己判終身監禁於此。如果一有機會，我還是想馬上離開這兒。但是我還是真心感謝他們夫婦看重我，給我這個「重責大任」。也許你會說：「怎麼可能呢？」所以，我只好告訴你，請不要把我看成是那種超能力的強人。如果我真的投入這份工作，我大概會變成這一百位孤兒見也沒見過的完美院長哦！

我知道你一定覺得奇怪吧！可是這是真的。朱蒂和查比斯太了解我了，所以才叫我到這兒來的。就是這種「信用度」才會讓我掙扎不已，無法頭也不回地一走了之。我現在一個人，而且打算在一天僅有的二十四小時內鞠躬盡瘁，直到下一個繼任者到來。我現在只有硬著頭皮，走到哪兒算哪兒！

請不要告訴我忙一點就不會想家了，因為我實在不忙。每天早上一睜開眼，還恍恍惚惚時，只能呆呆的盯著里貝特前任院長留下來的壁紙，害怕地告訴自己：這是一場惡夢，這並不是真的。丟下可愛甜蜜的家到這裡來，我的腦袋到底出了什麼毛病？我知道你會懷疑我當初的動機，其實，我自己也禁不住要這麼問自己呢？

我真的好想問你，為什麼引起那種軒然大波呢？威斯特和約翰．葛利亞孤兒院一樣，離華盛頓都很遠。所以啦！為了能使你安心，我必須告訴你，喜歡紅頭髮的人，在這孤兒院中可連一個都沒有哦！至於威斯特，我就不敢說了。請你放心，我到這兒來並不是為了和你作對，只是想要嘗試一下未知的冒險罷了；而且我現在正品嚐著呢！

請你一定要馬上給我回信，還有，請給我「力量」。

後悔的　莎莉

二月二十四日　約翰．葛利亞孤兒院

朱蒂：

拜託妳一定要告訴查比斯，我才不是那種不顧一切就亂下判斷的人，我是一個親切、輕快、不知道懷疑他人的女孩。所有的人——大部份——看到我都會喜歡我的。可是我才不相信有人喜歡那個蘇格蘭大夫，他是連一絲微笑都吝於給人的。

今天下午，這位蘇格蘭大夫又來了。我給這位先生奉上了青色的椅子，希望能求得色調的一致，而我就坐在他對面。那位仁兄穿的是標準的蘇格蘭服裝，大概是為了讓蘇格蘭的荒原有點生氣。紫色襪子、紫水晶別針的紅色領帶。這位妳所稱讚的大夫，很明顯的對提昇孤兒院的美感，並不能有點用處。

在我這兒坐了十五分鐘，他談的都是有關孤兒院改善的問題。我實在很想問你，院長到底要做什麼？是不是要照著醫生的處方去行事啊？好得很！瑪格布萊德對上了馬克廉！

亢奮的　莎莉

〈星期一　約翰・葛利亞孤兒院〉

馬克廉大夫：

由於電話聯絡不到您，所以我只好託珊蒂・凱特帶這封信給您。接電話的那位女士是不是府上的管家呢？如果那位女士常常出來接電話的話，大部份的患者可能要……

今天早上您未能按約前來，而油漆工人又到了，所以我只有自己決定，要他把醫務室漆成玉米色。我想玉米色應該不至於不夠衛生吧！

另外，如果下午您能挪出一點時間，我想請您順便到瓦特路上的布萊斯家去看看半價優待的牙科椅子，還有一些需用品？如果可以的話，我希望能把牙醫的道具全部放在醫務室的某個角落。我想布萊斯大夫一定也希望能早點治療這一百十一個小朋友，而不是讓我們一個一個帶去他家看。您覺得如何呢？昨天半夜這點念頭突然浮現，我並不是專業者，所以如果您能幫我注意一下的話，我會非常感激您的。

S・瑪格布萊德

三月一日　約翰．葛利亞孤兒院

朱蒂：

我已經受夠了電報！

我了解你們非常想知道這兒的一切。每天想向妳報告的事有山那麼高，但沒空就是沒空。到了晚上，我已經累得全身動彈不得，要不是珍在一旁囉里囉嗦個不停，我真想不換衣服就上床蒙頭大睡。

再等過一陣子，等這裡上軌道之後，職員們也能做好他們份內的事後，我一定會每天向你們準時報告「戰況」。

上次寫信給你們是五天前了吧！這五天之內發生了各種狀況。馬克廉大夫和我都已各自擬好了作戰計劃，準備以此地作為戰場，好好地開打。雖然我討厭那個醫生的感覺越來越濃，該怎麼說呢？目前雙方都為了另一場戰爭而暫時休戰。話雖如此，敵人還是敵人。我相信我的能力，雖然那個人十分頑固，是個典型的老古板蘇格蘭人。但既然是有關小孩之事，所以我已經勝算在握。就像是解剖青蛙一樣，只要狠心一下，才不用說什麼同情不同情。

你還記不記得，有一天晚上，查比斯花了一個鐘頭跟我們說，當醫生的一定要有同情心的遠大理想嗎？我可不敢苟同！那位仁兄可是把這兒當作是他自個兒的研究室。他也知道不管做什麼實驗，有了什麼後果，都不會有家長出面干涉的。這種人如果把病菌放到小朋友的湯裏去，想要發現什麼新血清的話，我可是不會驚訝的哦！

在所有職員中，我認為有在認真做事的，只有小學老師和廚房的人。小孩子只敢親膩地待在馬修斯小姐身旁；至於一看到其他的人，我敢打賭你這一輩子也沒看過那種必恭必敬的身段。看人是小孩子天生的能力，如果他們對我太有禮貌，我可是會感冒的。

這邊的局勢大致上已經明白了。在我好好考慮後，我打算辭退一些人。第一個開刀的就是史密斯小姐；不過這個人聽說和某某董事有裙帶關係，執行上似乎有些困難。我從沒有看過這麼囉嗦、口齒不清，而且又不知所云的女人。每次一看到她，實在令人忍不住想要抓住她的肩膀問：喂！妳清醒一點，說清楚好不好！更糟的是，十七個兩歲到五歲的小小孩是由她照顧的！不過，我已經派她去做些其他無關緊要的雜事了，不要擔心。

還好馬克廉大夫替我找來一位叫珊蒂的女孩。她住在離孤兒院四、五公里處，每天到幼稚園來照顧他們。她有對小牛似的、大大的茶色眼睛，彷若慈母一般，（不過，她才十九歲吔！）小孩子都很喜歡她。

我拜託一位溫柔又強壯的中年婦女負責育兒室。她本身也有五個小孩，對於小小孩的經驗非常豐富。不過，這個人也是馬克廉大夫找來的，如此你該知道他的好用之處了。這樣一來，我就不必再擔心小小孩有被殺的恐懼，夜裡也可以高枕無憂了。

這邊的改革已經開始了。雖然對於醫生努力改善科學設備的想法，有時也會有失望的時候。但我心中仍未能解開的問題是——要如何把愛的陽光注入這些孤獨的小朋友心中。

我很擔心大夫的科學是否萬能？

而且當務之急，還是先把這兒的大大小小事情仔細地記錄下來。一說到記帳，我就頭大。在里貝特前院長的那本大黑帳本上，淨記些這裡孩子的家人、品性、健康等情形，不過一空就是好幾個禮拜。如果哪天小孩子的家人跑來問，這個小孩子在哪兒撿到的呢？我想里貝特院長可能會大嘴開開。

「院長，我是從哪兒來的？」

「哦！天上裂了一個洞，你就掉下來了。」

小孩子難道能「理解」這種語言？

一定要有一個人來專門查清楚每個小孩的身世。大部份的孩子一定有親戚，查出來應該不是件難事。你覺得查奈德．威爾如何呢？那個人是經濟學的高手，什麼圖表啦、統計啦，非他莫屬了。

接著必須向妳報告的是，我們院裡在舉行徹底的健康檢查。令人吃驚的是在已檢查過的十七個小孩子中，符合標準的只有五個；而且這五個竟然都是新來的小孩！

你還記得一樓那間長著綠苔的會客室嗎？我已經盡全力把它消除乾淨，當成醫務室。測量身高器、藥品，還有那張使醫務室看起來像醫務室的牙醫椅子（這是村子裡的布萊斯大夫好心廉讓的）。由於他們認為這部拔牙用的機器是惡魔的道具，所以我就名正言順地成為惡魔的化身。不過，治好牙疼的小朋友，可以在一個星期內每天有兩塊巧克力吃。這兒的小朋友並不是特別勇敢，但可說是勇氣可嘉哦！最小的湯姆已經把所有的東西從桌面弄翻，看完牙齒時，還咬著布萊斯大夫的大拇指呢！要成為約翰．葛利亞孤兒院的牙醫，不僅技術要好，腕力也不能太差唷！

信寫到一半就中斷了，是為了要「招待」一位慈悲的婦人。在她東看看、西走走，花光了我所有的時間後，她才淚眼汪汪地說：「上帝憐憫妳們這群可憐的小孩。」然後捐了「一塊錢」。

不過，到目前為止，我那群小朋友對我的改革可一點也不高興。我想，突如其來的新鮮空氣，就像迎面而來的大洪水一樣，大概樂意面對它的人並不多吧。現在一星期讓他們洗兩次澡，等到水龍頭多裝了些之後，我要他們每天都洗。

但是，至少還有一件事是孩子們很高興的，我決定增加伙食費。結果廚師因為工作量增加而發牢騷，接著那些職員們也反對，說花太多錢了。不過，我自己用大字報寫了兩個字（質量），我非常堅持多年來的原則。雖然我一天至少要說上二十遍，會長會給我們經費，而且捐款也增加了很多倍，為了民生必需品——冰淇淋，班頓夫人也會額外再給我一筆款項。但是這裡的小氣職員們就是認為讓小孩子吃冰淇淋是奢侈的。我實在是快要舉雙手投降了。

大夫和我仔細地討論了菜單。

最常有的菜如下：

煮馬鈴薯——米飯——杏仁凍

我非常佩服在這種菜色之下餵出來的一百十一

個小朋友，沒有成為一個個的濺粉球。

突然很想引用白朗寧的話：

也許會有天堂，但一定有地獄。

而，一定有約翰．葛利亞孤兒院——天啊！

S．瑪格布萊德

〈星期六　約翰．葛利亞孤兒院〉

朱蒂：

妳聽來或許會覺得無聊（可是我確定是對的），昨天和羅賓．馬克廉大夫又交戰了一番，為此我還特別為他奉上名號呢。今天早上我對他打招呼說，「早安啊，強敵先生！」那料到，羅賓大夫馬上慌張起來，回答我：「如果把我當成敵人就糟了。其實，我倒不是對妳有敵意啦——不過，還是希望妳能照我的意思去做就是了！」

又有兩個新的小朋友進來了——伊莎妲．葛特休尼和馬克斯．約妲，是一個叫做什麼浸信會的婦女救援會送來的。到底這兩個孩子是在那兒加入這種宗教的？這個後援會的說服力是一等一的，而且每個星期還固定捐四塊五十分呢。好了，這下子人數達一百十三人，變成沙丁魚罐頭了。有六個小孩已經可以自立了，希望妳幫我注意一下，有沒有好心人家要收養小孩的。

如果有人問，你家有多少人啊？而他說不知道的話，一定會很慚愧的。但是只要一問我家人有多少，我也只能說每天增增減減的不一定。天啊！多像證券交易所。

一個女人有百個以上的小孩，當然是不可能一個個的照顧周全了。

〈星期天〉

這封信已經丟在桌上兩天了，連貼郵票的時間也沒有。今天晚上心情頗輕鬆，既然你們說要去佛羅里達的話，我就再多寫兩張好了。

最近終於比較會認人了。本來我已經打算要放棄了。要認出那些難以形容，而又穿著制服的孩子，實在是不簡單。不過我並沒有要你們換新制服的意思。我了解妳的心情，這句話至少已經聽過五次了。關於這個問題，我前思後考地想了一個月，還是深深覺得，內在永遠比外表來得重要。

我知道自己不可能把他們只當成東西。妳要不要賭看看，我是否具有母愛的本能呢？小孩就是小孩，他們本來就應該滿身泥巴、流著鼻涕，而且偶爾應該有幾個調皮搗蛋的。可是這裡的孩子，每一個都頂著一張蒼白的臉站著發呆……

倒是有個例外。有個叫莎堤．克歐琳的小女孩，我剛來時就看到她了，之後就自然而然的成為我的小跟班，會每天告訴我很多好玩的事。要是說起這八年來發生的惡作劇，一定都是這個小孩發明的。我認為這個小女生一定經歷過一些奇怪的體驗，雖然這在孤兒院而言，並不是一件稀奇事。這個女孩是在十一年前，在39街的某戶人家大門口的最後一格樓梯旁，一個上面寫著「馬爾頓公司」的紙箱中發現的。

紙箱上還有一些字跡工整的留言，寫著：「莎堤．凱特．克歐琳，五個星期大，請好心人好好疼她。」

發現這個嬰兒的巡官把她送到棄嬰之家。在確認她的確是棄嬰之後，被分送到新教單位去了。儘管她長得實在很像愛爾蘭人，有對藍眼睛，而且她越長越像個愛爾蘭人，並不遵從新教徒的規定，因此每天牢騷發個不停。

小莎堤有兩個小小的酒窩，那張猴兒般的小臉蛋，怎麼看就天生一副具有惡作劇的異能。一秒鐘也待不住，一不見她幾秒就會天下大亂。她做過的惡事，可以「頻繁不及備載」來形容之。想不想知道最近發生的事呢？

〈教唆瑪琪．吉爾咬住門的把手——處以下午在寢室關禁閉，晚餐只給吃蘇打餅乾。〉

這個瑪琪天生一張大嘴，也不知道她是怎麼咬住門把的，後來要她鬆口就大費周章了。

大夫只用塗滿牛油的鞋拔就輕易地解決這個問題了。從此，這位小患者就被大夫叫做「鱷魚嘴瑪琪」。

妳該了解了吧，為了要讓小莎提不再有空惡作劇，我可真是「苦心經營」哩！

我實在有很多事要跟會長商量。丟下我和孤兒院跑到南方去度假，妳和會長實在是太過分了。如果我要真的出了什麼差錯，可是你們的責任哦！希望你們小兩口漫步於銀色月光下的椰林海岸時，還會想到我在淅瀝淅瀝的雨中照顧著一百十三個小朋友。這些小孩子真的是不能沒有你們的，同時也應該跟你們道聲謝謝呢！

暫時代理院長　S．瑪格布萊德

三月六日

朱蒂：

雖然不知道小朋友是否喜歡我，但是有一點可以肯定，他們很喜歡我的狗狗——在這兒最受歡迎的好像只有辛格鮑爾了。每天下午，禮貌最好的三個小朋友可以替牠梳毛，而且最乖的三位小朋友可以餵牠吃東西和喝水。星期六的早上，表現得特別好的人，可以拿著肥皂、刷子替牠洗澡。彷彿可以使這兒的規律正常運作的，除了辛格鮑爾外，不做第二人想。

對於住在鄉下的小孩來說，竟然沒有一些可以親近玩耍的動物，實在太可憐，而且也太不可思議了。這裡的小朋友都很想有一些動物作伴。如果你們有一些要捐給動物園的款項，可否請你們想想法子，我真的希望能買些動物送給他們。可不可以請動物園以回送禮物的方式，給我們一些什麼小鱷魚啦、大鳥啦，都可以，只要是活的，我們都會很快樂的接受。

今天剛好是我第一次參加「董事會會議」。還好有查比斯已經在紐約先幫我打點好一切了，真是謝天謝地。你要知道，我這兒要舉行正式的閱兵大典可還早得很呢。不過，我正在想，四月的第一個禮拜三可以給你們看一些很棒的東西哦！如果馬克廉大夫和我的計劃可以配合得好的話，一定會讓所有的董事對我們刮目相看。

我剛把下個星期的菜單拿到廚房去給我們一臉困惑的伙夫看完回來。我想在以前的約翰・葛利亞孤兒院的字典裡，一定不曾有過『變化』這個字眼吧！這會兒你一定猜不到，一會兒會有多麼令人驚喜的事等著發生呢！黑麥麵包、玉米麵包、麥片小蛋糕、玉米雞粥、通心粉、牛奶布丁、蔬菜湯、加了蜂蜜的小點心，還有蘋果泥做的點心球，還有還有——唉呀！反正不勝枚舉啦。我打算讓較大的女孩子們幫忙做一點，我在想，能娶到這些女孩的老公，實在是太幸福囉！

儘管說些不著邊際的話，差點忘了告訴你正事。我請來了幫手，好棒、好能幹。

你還記不記得那個一九一〇年畢業的佩姿・金德雷特？就是那個在合唱團獨領風騷，而且還在話劇社當社長的那個人？我可是記憶深刻，因為她老是打扮得花枝招展。可是呀，這個人意然住在離這兒才不過十九公里之處。昨天早上，她開著車子要過村子時，被我撞見了；而且，我差一點就成了輪下冤魂了。

我從未和她說過話，我們彼此都像初次見面般，十分禮貌的問候對方。沒想到我這頭令人側目的紅頭髮反而救了我，她是因為注意到我這頭紅頭髮，才緊急煞車的。

「佩姿・金德雷特？妳是一九一〇年畢業的吧。請妳一定要到我的孤兒院來，幫我做所有小朋友的資料調查及建檔。」

她嚇呆了，很老實地跟著我走了。雖然我請她只要一個禮拜來個四、五天，做個臨時書記就可以了。但其實我正盤算著，不可以只讓這種人才當個臨時書記就不了了之了。因為她才來沒多久，就像魔術師一樣，緊緊地吸引住孩子們的心，而且已經到了離不開她的地步了。我想，只要正式地邀請她的話，她一定會留下來；而且佩姿自己也希望能離開家人，過獨立的生活。

也許是因為調查、收集人的資料建檔太好玩了，我甚至也想替馬克廉大夫建立一個檔案。如果查比斯知道任何有關這個人的蛛絲馬跡的話，一定要告訴我；無論內容如何，我均照單全收。你知道嗎？昨天他還為了替一位小朋友切除拇指上的雞眼，特地到院裡來；而且做完「手術」後，還不辭辛勞地跑到我的二樓會客室來，親自傳授我用繃帶包紮拇指的方法。做這種院長還真是得十項全能才行呢！

因為剛好是下午茶時間，我也不知道該說些什麼？所以就隨口問了要不要喝杯茶？沒想到他就此一屁股坐下不走了！老天，和我這種人聊天毫無樂趣可言——一點也不假唷——還好還好，就在這個時刻，珍端著剛烤好的點心出現了。這位仁兄看起來好像是從來沒有吃過飯一樣。

沒想到他竟一邊吃點心，（其實是端著整盤吃！）一邊問我這個院長的「履歷」。

「在大學唸過生物嗎？」「化學學得如何？」「你應該多少知道一點社會學的知識吧？」

「你去過那家海斯汀谷斯的模範孤兒院嗎？」一連串的問題撲面而來。

當然我也不甘示弱，除了小心謹慎地回答所有問題外，我也回敬了一、兩個問題。像我眼前這位學富五車，上知天文、下通地理的紳士，年輕的時候是接受怎樣的教育呢？在我不斷地追問下，總算有了些收穫，而且都是成績輝煌呢。從他老是遮遮掩掩的語氣判斷，他的家族成員中好像有人曾經受過絞刑。馬克廉大夫的父親是蘇格蘭人，因為要進霍普金斯大學而到了美國。後來，他的兒子羅賓為了接受教育而回到愛丁堡。大夫的祖母是史妥拉斯岡的瑪格萊納家族的人（真是好響的名聲），而大夫則是以拿著獵槍在高原上追逐鹿群的方式打發假期呢。

我竭盡所能，收集到了這些情報。只要是有關這位強敵的消息——最好是壞消息——請你無論如何要告訴我。

如果說他真的是非常了不起的人，為何要埋沒在這種鄉下呢？何況他又是位醫生，他想要去的地方，應該是醫院或者是解剖室才對吧！搞不好是他做了什麼「好事」，才要躲起來呢！這要不要緊啊？

真是抱歉，儘寫些芝麻蒜皮的小事。哦耶！萬歲！

莎莉　敬上

P.S. 不過總算有一件事讓我放心馬克廉大夫好像無法親自挑選衣服，這種小細節他全部都交給他的管家瑪姬去弄呢。

好了好了，不說了，再見。

〈星期三　約翰．葛利亞孤兒院〉

戈登先生：

您送我的玫瑰花及信函，今天早上一直溫暖著我的心。自二月十四日從威斯特到這兒來，第一次有此興奮感。

孤兒院每日的生活是多麼單調而沈重，給這種無聊生活注入唯一一道光線的，只有在每個星期來四天的佩姿出現時。佩姿是我大學同學，我們在一起時，總是努力找尋歡笑的種子。

昨天，當我們在我那間無可救藥的房間喝茶時，突然我倆不約而同地興起了和環境對抗的決心。我們找來了六個比較有力氣的男孩，幫忙把壁紙弄下來。您一定猜想不到此時發生了多麼有趣的事！

兩個工人現在正在貼著全村最美的壁紙，另外兩個德國的傢具商人正跪著替我量坐椅的高度。

不過，您不用擔心！我可沒想到因為做了這些改變之後，就要把這輩子花在這個孤兒院上；我只不過是想做些事情，讓接任我的人不必承受那麼重的壓力。雖然朱蒂沒有告訴過我，這是個多麼令人受不了的地方，但是我也不想因此就讓他們好不容易成行的佛羅里達之旅變得索然無味。

可是，我想他們應該會在回到紐約時，看到我的正式辭呈放在信箱裏吧。

本來想寫個長篇大論做為我的道歉信，可是有兩個小鬼在窗台下打起架來了，我只好停筆去出手阻止了。

S·瑪格布萊德

三月八日　約翰、葛利亞孤兒院

朱蒂：

我還是決定給約翰．葛利亞孤兒院一個禮物——改變院長會客室的裝潢。我不打算讓我的繼任者來到這兒時，像我當初那樣地驚訝。希望他來到這裡時能滿足、舒服地坐著。

佩姿也幫了不少忙，我們已經竭盡全力，創造出較協調的色彩。現在就像只要看看這個房間，對孩子們的美術教育就會有幫助。新壁紙、費盡九牛二虎之力才讓威斯特那邊送來的波斯地毯、窗簾；終於可以讓那些美麗的風景重見天日。桌子換張大的、檯燈、桌、畫，沒想到只要稍加裝飾就可以改變氣氛了。

昨天晚上，我坐在我的房間裡，滿足地享受這種氣氛。

不過，接下來最重要的是改建小朋友們的房間。這也是最傷腦筋的。昏暗的遊戲室、令人窒息的餐廳、寢室以及沒有浴缸的浴室。

你難道不覺得如果孤兒院有錢的話，應該讓這座又老又舊的建築物付之一炬，再蓋個又現代又美觀的孤兒院比較好嗎？我一想到那座什麼模範孤兒院的，就羨慕不已。在那種房子做院長還差不多。反正，如果妳回到紐約要找建築師談改建的事時，一定要聽聽我的意見。

首先，要在寢室外面加蓋六十公尺長的陽台。

原因如下——根據身體檢查的結果，近半數的小朋友都有貧血——我真不喜歡聽到這兩個字。而對這些孩子來說，最好的就是氧氣。不論是冬天或夏天，所有的小朋友都應在流通的新鮮空氣中睡覺。不過，我也知道向董事會提出這個建議，無疑是在自己身上引爆炸彈。

這些董事大人中，我見過了塞萊斯．瓦克夫閣下。不過那個人不提也罷，當他上個星期三為了看新院長而到這裡時，他先在我那張舒服的椅子上開始了他的「工作」。

他問我，我的父親是做什麼的，日子過得如何。我回答他，我父親是在做哪些工作，雖然最近很不景氣，但是卻不灰心。

那位先生好像很放心，他介意的只是為什麼我不是牧師，或什麼教授、作家的女兒。後來，他又接著問我做院長前受了什麼教育。

說到這個問題可就不妙了！大學裡和慈善事業有關的課我才選過一點點，而且參加慈善活動時，又多半只是去湊熱鬧的性質。我只好把父親雇用的工人們之間的社會活動，還有婦人酒精中毒收容所等的事都拿來充當話題了。

就這樣，塞萊斯閣下的臉，便漸漸地拉長了。

我只好再把最近孤兒們的研究調查，以及我調查過的十七個孤兒院的事向他報告。

不過，塞萊斯閣下似乎一副不相信的態度。剛好此時珍捧著玫瑰花進房裡來。親切的戈登先生為了削減孤兒院內生活的清苦，特地一個星期送兩束玫瑰花給我們。而這位董事大人竟意正詞嚴地質問我為何有花，直到他了解這花並不是用孤兒院的錢，才放過我。接著，那位先生又把箭頭轉向珍，不過這是我早已料到的，我告訴他：「她是我的傭人。」

「你的……什麼？」他赤紅著臉，跳起來說。

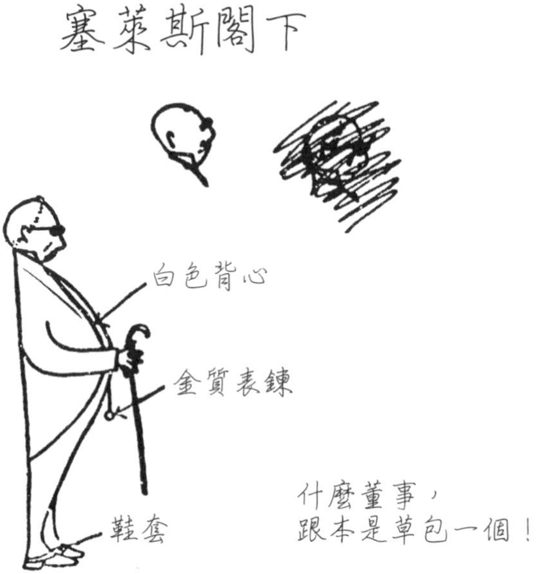

「我的傭人。」

「在這邊到底做什麼呢？」

我只有一五一十告訴他：「幫我穿衣服、擦鞋子，替我整理衣櫥，還有幫我洗頭。」這傢伙一副快要窒息的樣子。接著，我趕緊告訴他，這個傭人的薪水是我自己給的，而且每個星期也交給委員會五元五十分的伙食費，雖然珍的身材很龐大，但是吃喝其實不多。

既然如此，隨便找個孤兒使喚不就得了。

我實在是越說明越生氣了！我告訴他，珍已經跟我很久了，而且是她離不開我，放心不下我才留下的。

最後他說：「院長應該是個有常識的人，不應該有小孩子般任性的想法，而是一位果決明斷的人物。我希望你能做個模範，做出點成果來。」

朱蒂，關於此事，不知妳感想如何？

後來馬克廉大夫來了，我也順便把塞萊斯閣下的教誨轉告給他了。此時，我們兩人終於達成長久以來第一次的共識——

「什麼董事，根本是草包一個！」大夫竟出此狂言。這位仁兄只要一激動，便會把他的蘇格蘭方言搬出來。最近我還給他取了個外號（偷偷告訴你）叫「山弟」。

我寫這封信時，莎堤正坐在地板上替珍整理毛線呢。
珍已經喜歡上這個愛惡作劇的孩子了。
「你有沒有什麼話要告訴朱蒂阿姨呢？」我這樣問莎堤。
「我才沒聽過什麼朱蒂阿姨呢。」
「她可是這兒所有小朋友的阿姨哦。」
「好，那叫她到我們這兒來，帶禮物和糖果給我們好不好。」
我也有相同的願望。
請問候會長先生。

莎莉

三月十三日

朱蒂．亞伯特．班頓女士：

收到來信四封，電話兩通以及三張支票。忙碌的院長馬上盡速辦理。餐廳的事我已委任佩姿。我拿了一百塊美金給她，她現在正忙著和選出的五個小孩忙進忙出，打點一切事宜。小朋友這三天將在讀書室用餐。佩姿在忙些什麼？我倒不是很清楚。不過，能找到一個人獨當一面處理這件事，可真是救了我一命。這裡的職員歲數都大了，而且對新的改變一點也不感興趣。他們只想保持原狀。

謝謝你為我設想的院長專用餐廳，它非常有用。每當我累得像狗條時，就可以一個人悠閒地吃飯；若是精神好時，我也會叫職員進來和我一起用餐。這套餐桌上的戰術，到目前為止還算差強人意。你知道嗎？我為了「新鮮空氣」，特地要史密斯小姐和我一起吃飯；而且為了灌輸她這個觀念，我還告訴她：小牛肉之所以好吃，是因為牠的肉裡有足夠的氧氣……

「咚！」一聲地突然從窗外傳進來，好像是有一個小天使把另一個小天使推到樓梯下面去了。我繼續寫信，終於了解到要和那些小朋友生活在一起，其實不必每事都事必躬親的。

妳有沒有收到雷奧諾拉．芬頓的喜帖？她竟然要和又是醫生又是教士的人結婚，一起到泰國去吔！真是令人吃驚，她竟然能適應教士家庭。還是她打算用土風舞打動泰國土著的心呢？

我們這一夥呢！我成了孤兒院院長，而妳竟成了名流少婦，還有瑪蒂．金姆也成了巴黎社交界的交際花。搞不好瑪蒂正穿著獵裝，出現在大使館的宴會上呢？看到我們班上的人這樣向四面八方發展，真是愉快極了。

我收到了戈登先生的來信，他老是認為我在這兒是在扮家家酒；如果他在這裡住個兩、三天，就不會這麼說了。他說，到北方旅行時，要順便來看看我的戰績呢。如果我去紐約買東西，其餘時間都交給「那個人」會怎樣呢？雖然我只不過是要買個兩百十一條毛巾而已。

我生活中的唯一慰藉——辛格鮑爾一定要我替牠向問你好。

請保重！

S．瑪格布萊德

〈星期五　約翰．葛利亞孤兒院〉

親愛的朱蒂：

由於你的一百塊美金和佩姿的貢獻，我們的餐廳終於成功地改頭換面了！我們照著計劃使得餐廳和北邊昏暗的房間變得明亮多了。白色和乳黃色的牆壁，上面還有小白兔的畫呢。桌子、椅子也全部用木頭做，並且漆成白色。最令小朋友高興的是餐巾，起初他們以為是手帕，還拼命地拿來擦鼻子呢。

為了慶祝完工，我特別吩咐廚子做了甜點、冰淇淋，還有小餅乾。看到他們跑來跑去，手舞足蹈的天真模樣，真是令人辛苦全消。不過，只有一個人例外，莎堤……莎堤竟拿著刀叉在桌上敲個不停，唱個沒完沒了。

你還記得那句寫在餐廳大門上的「感謝主賜給我們食物！」的話吧？我用油漆把它塗掉了，在原處畫上了小白兔。那句話還是留給全家團圓，快樂地吃晚餐時應應景較適合。

到目前為止，我已經替十一個小朋友找到他們的歸宿。由於州立慈善救援協會的幫忙，有三個小女孩找到了願意收養她們的家庭。

其中一個小孩，如果順利，可能會變成養女。這個小女孩，可是我們院內最令人放心的哦！又穩重、又老實，長得也很可愛，我想任何家庭都想收留她的。看到這些家庭來挑選小朋友時，

改頭換面的餐廳

我真的是快停止呼吸了！只要有一個小錯，都可能會造成一個小生命終身的遺憾的。

另外，還有三個最大的男孩去農場幫忙做事，有一個還是到西部去呢！而且從他的來信看來，他不但成了牛仔，而且還和印第安人作戰，更獵過熊呢。不過，確實的情況應該是幫忙小麥收割，做做牧場的粗活而已……這個男孩簡直像是故事書裡的英雄，離開時，獲得二十五個喜歡冒險的小男孩們的歡送。

我想，孤兒院大概已經跟不上時代了；我心中真正想辦的是供應失去父母之愛的孩童住宿的寄宿學校。不過，我已經盡全力替這裡的小朋友找到肯收容他們作養子、養女的家庭了。畢竟，那樣才能使小

孩子有正常的發展環境。

我想，你們在旅行時一定認識了不少很好的家庭吧，不知道其中有沒有想要收養小孩的好心人；如果可以的話，我希望能收養男孩子。這麼多小男生，實在很難照顧。也不是什麼男尊女卑的觀念作祟！看到來收養小孩的父母親都挑女孩子，實在是感慨萬千，你看那些九歲到十三歲的小男生……怎麼辦？

除了女孩子們有淑女的禮節教養之外，不知道是否有男性俱樂部專門訓練紳士呢？我想，戈登實在有必要在紐約先創辦一個風尚俱樂部了。

總是心掛著一百十三個小孩的母親　S．瑪格布萊德敬上

三月十八日約翰．葛利亞孤兒院

朱蒂：

一百十三個小孩的母親終於得以暫時逃走，喘一口氣了。

昨天，戈登先生突然造訪我們這個寧靜的小村落，他是在回華盛頓途中順道來這兒的。不過，說是順道，看地圖就知道這個村子明明距離他的歸程有一百六十公里之遙。

真的興奮極了，這是我「栽入」這個孤兒院以來，第一次看到「外人」。而且，他還告訴我好多好玩的事。他知道一大堆內幕消息，我想他一定是社交界的靈魂人物，而且具有影響華盛頓的力量。我認為他終究會成為大政治家，你看他那副精神抖擻的模樣，絕錯不了的。

我想你大概不知道我是多麼高興吧，那種感覺就好像是被放逐在外，又得以回到瀰漫著溫馨氣氛的家園。在這裡我連個串門子的對象也沒有，馬克廉大夫和我簡直搭不上線，談不了什麼。但是，戈登他就不同了。對我來說，他的生活其實也是我的生活——鄉村俱樂部、汽車、跳舞、運動、禮儀社交，對你也許都是無聊的活動，但這些畢竟本來是我的生活內容。沒有了這些，我好寂寞。雖然做這種慈善事業非常偉大，但是我真的對這種工作做不來。對這種需要極大愛心和耐心的工作，我投降了。

你知道嗎，我本來想帶戈登認識這些孩子，但他連想都不想。我衝動地來到這裡，我知道他心裡不好受……我想，不管你再怎麼婉言相勸，我還是無法丟掉以前的日子。我把我所做的一切努力告訴他，但是，他卻對這種成果沒有半點興趣。

請他吃飯時，還特地用小牛肉大餐，不過，他卻告訴我：「你該換別的口味了！」因此，我們就跑到外面餐廳去吃烤明蝦。我啊——幾乎已經忘記蝦子是可以吃的。

早上七點時，被電話給吵醒，是正在火車站等車的戈登先生。他在電話中深表歉意，有關孤兒院的一切，以及沒有認識這些小朋友等等。然後他說，他想送我一袋花生做為禮物。

在稍微放鬆一下之後，身心的疲憊都一掃而空了。我寄給妳兩封信，如果你們不馬上回信，我絕對不會再寫信給妳了。

莎莉　敬上

〈星期二　下午五點〉

親愛的敵人：

聽說您在我不在孤兒院時過來了，而且剛好發現史密斯女士沒有給小孩子喝他們應該服用的魚肝油。

實在是非常抱歉，沒能依照您的吩咐去做。不過，我想您大概無法了解要讓小孩子喝下魚肝油是多麼不容易的任務。可憐的史密斯女士並不是只有這件工作要做，如果您能諒解她一個人要做十個人份的工作的話，那就功德無量了。

而且，我必須告訴您，史密斯女士是那種別人說一句話，就會非常介意的人。所以，如果您想要挑起戰端的話，請您務必先向我宣布就可以了，我絕對不會是那種因為敵人兩三句話就腳軟的角色……唉！史密斯女士真是太可憐了，她在照料完九個小孩上床後，目前正一個人躲在房中難過呢。

如果您有可以使史密斯女士神經安定下來的藥，拜託您讓莎堤帶給我。

S·瑪格布萊德　敬上

〈星期三．早晨〉

馬克廉大夫：

　　我真的不是想對發生的事情存蠻幹之心；我所想的只是，如果您對我真有怨言的話，請您就像昨日對我屬下般地向我吼叫好嗎？我感到非常難過，有關您的命令——實現醫學的命令，接下來我會照著去做。此次，真的敗在您手裡了。有關您這次過份的作法，我也會忍受著，裝作沒事的。另外，最後那十四瓶魚肝油到底怎樣了？現在我雖無法明白您的想法，不過是此時想起，順口問一聲而已。

　　至於您要求將史密斯小姐辭掉之事，我認為還不至於必須如此。某些方面來說，這個人雖談不上是個很有作為的人，但就對孩子們的態度而言，卻很親切，管理方面也算是得心應手！

莎莉　於孤兒院

〈星期四〉

親愛的敵人：

您若有何提示的話，請安心告知。

至於魚肝油，我想孩子們一定會接受的。接下來，就讓我們一起「聽從命令」吧！

唉！做人竟然也要到此種地步，寫出此種令人心酸的言詞哩！

莎莉　於孤兒院

三月二十二日

朱蒂：

孤兒院中，這些日子以來，氣色漸漸好轉了，只是發生了一場「魚肝油之戰」。就發生在星期二那天，湊巧那天我剛好不在現場，因為和四個小孩子到鎮上買東西。回來後，只見孤兒院一片亂糟糟的，就為了那位火藥味特別濃的馬克廉大夫和魚肝油、菠菜。三者都是在這裡不太受歡迎的。貧血——多討厭的名詞——昨天，我們這位蘇格蘭大夫說了句：「為什麼這裡的小孩子看起來總是那麼瘦？」事情就爆發了。孩子們討厭魚肝油是三周以來的事了。大夫聽到了此事，竟導致所謂歇斯底里的舉動。我回來時，大夫就向我提出此事件，而史密斯小姐此時正在房間裡，哭喪著臉，拿著十四瓶魚肝油的瓶子，自己也不知該如

何是好？而大夫正大聲呵責她全部吃掉之事。

對這位連蟲都不忍踩死，雙下巴，且看來穩重的史密斯小姐而言，從可憐的孤兒們那兒偷吃魚肝油之事，我想這確實有點離譜。然而，史密斯小姐卻歇斯底里地說：「我很愛孩子們，我也了解自己該有的義務。」因此她自己想著，給孩子吃藥根本沒哈好處，而且藥對胃本來就不好。至於珊蒂，除了當時做善後處理工作外，她的想法又如何？或許有些頭緒吧！唉！事發當時我不在場，真覺得遺憾。

對了，此事件延續了三日，而我們和大夫之間也一直鬧得不太愉快，珊蒂也一副很疲憊的樣子。至於大夫則一副囉嗦的晚娘面孔。由於他也一直在暗中注意大家的行動，表面上卻裝著若無其事。這些事在電話上談也不是很方便，所以便不多說。有關院中一些瑣碎煩人之事，真是不勝枚舉。雖然大夫一直想將史密斯小姐辭退，但我認為此人雖比不上很多人，然而以另一角度來看，對小孩子有愛心，管理上也能勝任，所以仍然是個可用之材。最起碼即使不去考慮她有「靠山」之事，也該想到人家也是個做料理侍候你的人吧！如此這般的就要將她趕走，實在說不過去。倒是如果能和她談一談，為了身體著想，冬天到非洲去居住比較理想……

另外，大夫那兒的希望如何？態度不太明確，且對此事也不再表示意見，只曾說過：「地球是圓的。」而我呢？對此煩人的「三角問題」，只好裝作不知了。

後來的三天就這樣又擔心、又緊張的度過了。事情似乎塵埃落定，大夫也去和史密斯小姐說了抱歉（沒啥熱情），也約定了不再辭掉史密斯小姐了。此事也總算痛痛快快地有了收場。但史密斯小姐認為不該給孩子吃魚肝油的事也算不對，而那十四瓶魚肝油還是被放到地下室冷落了。我也無法確定到底魚肝油這種東西該不該存在呢？

正當和平會議在今天下午結束的當兒，珊蒂接到了塞萊斯閣下即將造訪的消息，一時之間，和大夫存在的敵意就消失了。塞萊斯閣下對於新飯廳似乎挺感動，非常滿意，當聽到將在爐火邊上畫上百合百的小兔圖案時，也非常心動。「這種採用小白兔圖案畫在牆壁上的主意，對於女孩子而言實在是很合適的工作。但是對於像院長這種重要職位，卻交給一個女孩子來說，似乎不太妥當。」這是塞萊斯閣下所提的意見。這位大人認為將全部的錢交由我這種人如此任意揮霍，是萬萬行不通的。

正當大人和我注視著牆壁上的傑作時，卻突然從廚房裡傳來「如雷貫耳」地震之聲，我飛也似的跑過去時，只見地上一片黃色碎片，葛萊蒂歐娜．瑪菲哭著站在那裡。唉！即使是自己單獨摔掉碟子時都會覺得心情不安，何況是來了位如同活判官的董事閣下呢？此時更不知如何是好。請快些回北部來，並抽空到孤兒院一趟好嗎？

莎莉　於孤兒院

三月二十六日

朱蒂：

前不久有個女人來到孤兒院，帶走一個嬰兒，而且說明這是她先生的主意，還提到「養育此孩子是他先生的責任」，但她自己卻寧願將骨肉拋在此地。身為一個母親，對孩子盡些義務，如吃飯、教育，卻覺得是煩人的工作，而對男人而言，豈不是更可憐嗎？頭一遭，我感到養育子女並不是男人的工作而已。而孤兒院這位喜好紛爭的大夫，不知她母親是否也是個暴君，不知他是否也生長在不負責任的母親教養之下。此時大夫正去巡視孩子們，而珊蒂也悠哉地坐在火爐旁，像個老太婆似的正縫著大夫衣服上的鈕扣。

接下來──實在不太願意報告這件事哩！知道嗎？我和珊蒂已經協調好，正準備和那位頑固的蘇格蘭人開始友好關係呢。

郵差先生今天來了，我想一定是你的來信。單調的孤兒院生活中，書信猶如我的精神糧食。妳若覺得我是個不稱職的院長，拜託，請常來信指導我好嗎？

一口氣就將來信看完了。

跟查比斯謝謝那三隻從沼澤捉上來的鱷魚。同時到達的七張邁阿密的風景明信片，雖然署名是查比斯，但是仍然看得出選的人眼光獨特。哦！對了，其中若不仔細分辨，我還真搞不清楚椰子樹和查比斯之間的分別，只懷疑哪有椰子樹樹幹長毛的？

對了，那位華盛頓的好青年送來了糖果一箱、花生一袋，還有一封親切的謝函和一本書，妳說他是不是真的是位有禮的人？

傑米大哥一等父親答應讓他離開工廠，就會立即到這裡來。他並不是偷懶，而是工廠的工作實在是太悶人了，怎樣也不能習慣。可是，父親說他是長男繼承者，就得忍受。

有食品批發商寄廣告來說，特別針對監獄、慈善團體提供價廉的燕麥粥、茶葉、小麥粉、李子乾、蘋果乾等，這些東西真的會有營養吧？

還有兩封從農家寄來的信，希望找做事俐落、身體健康、粗壯的十四歲男孩子。每到春天播種前，這種溫暖的家庭就會一一「冒」出來。上個星期，院裡曾調查一個家庭「財產方面如何？」你知道村裡的牧師怎麼回答——「螺絲起子應該還有吧！」還意味深遠地看了我一眼。

在我們做過調查的家庭中，有些情況糟得讓妳不能相信。其中有家算是較富裕的，全部家人擠在三間亂七八糟的房內過日子，而不想在其他地方生活就是唯一的理由。他們要一位大概是去他家當下女的十四歲女孩。這對夫婦還打算讓這位小女孩和他們三個兒子擠在一間小房間睡呢！他們那間廚房兼餐廳、客廳的屋子，比起鎮上任何一間出租的房子都還爛，更不要說通風了，永遠都是二十九度。不過妳放心，我決不會把孩子送給這樣沒有生活倫理的家庭。

在這裡只有一條規定我決不會讓步，那就是，不能給予孩子幸福的家庭，我們決不會讓他們領養孩子。這就是說，給他們幸福是遠比將這裡變成模範孤兒院來得更重要。將這裡當作家庭的話，我就是那位越來越囉嗦的母親，而且四分之三談的都是我那群孩子。

戈登為向孩子們續罪，所送來的花生已送達了，用九十公分長的大麻袋裝來的。

妳還記得大學時候，如果飯後甜點是花生和楓糖漿，我們一定馬上把嘴巴撇下，雖然最後還是吃了。但是在這裡，如果有這兩種東西吃，沒有一位孩子會拉下嘴角的。把瑞貝卡老師強迫我們吃下的食物送給這些小孩，他們高興都會來不及的。只要一些食物，就會讓孩子們雀躍不已。

寫這封長信寫得手都抽筋的　莎莉

〈星期五　整天都在盼望空間約翰・葛利亞孤兒院〉

朱蒂：

妳一定會覺得很好玩，我和我的強敵——馬克廉大夫的管家開了一戰。她曾跟我通了好幾次電話，像個裝模作樣的貴婦，總把聲音壓得低低柔柔的。可是這次我終於見到她本人了。早上當我要從村裡回來時，我繞路經過了大夫家。哇噻！黃綠色複折式的屋頂，鐵灰色的窗戶，簡直就是喪家一般。真可憐，這傢伙一定不知道什麼叫生活樂趣。我在外面探了探，突然有股衝動，想要進去看看裡面是不是一樣。

而且我也想到早上吃早飯時，連續打了五個噴嚏，這是一定要看醫生的。雖然他是小兒科大夫，但是噴嚏是不分年齡的呀。不管了，鼓足勇氣登上樓梯就按了他家的電鈴。

老天！打斷了我們樂趣的聲音是誰啊？沒錯，是塞萊斯閣下，他上樓到這兒來了。我有太多的信要寫，而他的嘮叨實在讓人受不了。

珍急著走到門口，和我對看了一下後，傳來了一聲：「院長出去了。」

我要躲到壁櫥去了，妳高興了吧，因為那位先生進來了。

前面這三顆星代表著我在那壁櫥中，度過黑暗、痛苦的八分鐘。他閣下高興地接受珍的建議：「進來坐坐，稍等一下。」進到屋內坐了下來。可是珍難道忘了我正在壁櫥裡面受苦嗎？出乎意料地，珍竟然邀他去看看莎堤的淘氣，「我帶您到育兒室去看看吧。」要塞萊斯閣下去看小莎堤是有點過份。我不知道到底珍要帶他去做什麼。不過沒關係，只要他走了就行了。

我們話說到那裡了？啊，對了，馬克廉大夫的門鈴響著。

來開門的是一位袖子捲起來，魁梧高大的女人。只見她鷹鉤鼻、灰色冰涼的眼睛，臉上一點表情也沒有。

「有什麼事？」她那口氣，就像我是個吸塵器推銷員似的。

「妳好。」我堆滿了笑臉，走了進去，「這裡是馬克廉大夫的家嗎？」

「嗯，妳是到孤兒院來的年青女人？」

「是呀，大夫在嗎？」

「不在喲。」

「可是，現在不是診療的時間嗎……」

「大夫也不能一直都守在這裡。」

「嗯，說的也是！」我正經地告訴她：「我是來請大夫治療噴嚏的，並且麻煩他下午到約翰．葛利亞孤兒院去一下，請妳轉告大夫可以嗎？」

「可以！」她邊應聲邊把門關上，連我長裙的花邊也被關起來。

下午，我告訴大夫這件事，他只不過是聳聳肩說，這就是瑪姬沈穩的地方。

「為什麼你可以忍受這種女人？」

「我找不到比她更好的了？」大夫回答：「要照料一位不知道哪時回家的單身漢，並不是那麼簡單的事。況且，即使我是晚上九點鐘到家，她還會幫我準備熱騰騰的食物。」

要不要跟我打睹，那些食物一定不好吃，而且是板著臉拿出來的。她只是一個沒用、懶惰，會罵人的老太婆而已。對了，你知道我為什麼那麼討厭她吧，真傻，我怎麼會替大夫煩惱這種事呢？不過，我想要讓那個女人擔心，而秘方就是拿出我得意的料理，不久之後，大夫就會變胖——大部份胖的人都是好人。

莎莉上

〈十點〉

整天被一些事搞得頭昏腦脹，都忘了要找時間寫信。真的好累，頭都抬不起來了。下面的句子雖然悲哀，卻是實情：「世界上最快樂的事，莫過於睡覺。」

晚安！

四月一日　約翰、葛利亞孤兒院

朱蒂：

伊莎姐・葛特休尼將要被人收養了。他的新媽媽是一位藍眼、黃髮，總是帶著微笑的胖婦人。在她看過全部的孩子後，選擇了伊莎姐，那是因為伊莎姐有著一頭黑髮；而她太喜歡黑髮，加上又無法生育。伊莎姐的新名字是奧斯卡・卡倫，是為了紀念一位去世的伯父而取的。

下個星期三，院裡要召開我來之後第一次的董事會。照理說是不應不知死活，高興地等著它的到來——尤其開會目的如果是關於我的就任的寒暄。當然了，會長大人來此參加，並對我提出援助的話，那是最好不過了！但是有一件事可要先聲明，千萬別讓那些董事擺出一副偽善者式的態度。我希望那一天是一個風和日麗的日子，對孤兒院有幫助的諸位能愉快地聚集在一起。而孩子們也不會因此而顯得卑微，我絕不會讓孩子們擁有那種可憐小媳婦似的體驗。

接到妳最近的來信，可惜不能看到妳回北部後的樣子。像這樣子隨隨便便從筆下就流出錯字，妳一定看得很吃驚？沒辦法，和莎堤一湊在一塊，就會記得這些奇怪的話。

吃飯鐘響了！我要在三十分鐘內吃完碎羊肉，才有法子恢復精神。先失禮了！在院內吃飯的唯一理由就是——為了生存。

〈六 點〉

塞萊斯閣下又來了。他這樣匆忙，好像在監視我這個現行犯一樣。真的很討厭！那種圓滾滾，說話喘不過氣的老伯伯，靈魂也一樣胖得不得了。在他進來以前，我是多麼地開朗、愉快，而從現在開始直到睡覺，我都將哭喪著臉。

我所計劃的明朗遊戲室、更好看的衣服、更多的浴室、豐富的餐飲、新鮮的空氣、遊戲大歡樂、冰淇淋等，經由這位閣下的手，都變成了沒有用的改革。

他說，這些孤兒應該按照神的旨意養育，不需有太多改造。

聽到這裡，我身體內那股愛爾蘭的血勃然衝起，立刻反駁他——

「如果神真的是要這一百十三個孩子都成為無用、無知、不幸的人類，那這個神一定有問題！在這兒教育孩子不是讓他們忘掉自我，是要使他們比普通家庭的孩子更能發揮出自己的潛力，雖然不是像有錢人家一樣，頭腦不行的孩子也強迫他進大學；但也不能學貧苦人家，將未來有發展性的孩子，一到十四歲就讓他去工作。我們會仔細地觀察孩子，找出他的才能。如果孩子適合在農場工作，或照顧小孩，那麼我們就會把他培養成比誰都好的農場工作者、保姆。假設他有能力當律師，我們會教育他成為一位正直、明理、心胸寬闊的律師。」

（塞萊斯閣下雖然也是一位律師，卻不是一位心胸廣闊的人。）

聽了我的話後，這位先生拼命地攪動他的茶，還跟我要砂糖放進茶內。

我終於知道如何對付這些董事了——那就是，你要拿出堅決、強硬的態度來。

糟了！紙上的黑印是辛格鮑爾用牠的舌頭舔的。那是牠送妳的愛之吻。好可憐，牠常自以為是條北京犬——不識自己真面目的人最可悲了。我也一直認為自己不是做孤兒院院長的料子。

永遠是妳的　莎莉

四月四日　約翰．葛利亞孤兒院　院長室

佛羅里達州　班頓閣下伉儷：

我在第一次的招待會上，在那些董事面前，做了一場出色的演說。全部的人——連敵人們——都讚美這真是精彩的一篇演講。

感謝戈登先生事先就教過我各種捉住聽眾的方法。

「讓內容很有趣！」——莎提，還有兩位妳不認識的天使也滿喜歡。

「不只要有條理，還要能舉出易於了解的例子，讓聽者更明白。」——塞萊斯閣下的眼光一直沒有離開過我，他也沒有提出任何疑問。

「要讓聽的人愉快！」——這些新改革也在諸位董事的腦中留下了好印象，他們已經悄悄地暗示我，可以提企劃了。

「加入一些悲哀無助，要確實充滿無辜。」——將這孤兒院裡孩子們無依無靠的樣子細微地傳達出來。此項效果尤佳——連強敵大夫也在擦拭眼淚。

結束後，我們還為董事們準備了巧克力、鮮奶油、檸檬水和三明治，大家都吃得十分滿足，並且快快樂樂的回家。

聽我敘述這次開會的成功，讓你們很高興吧。但是有一件事把整個會全破壞掉了，是一件很可怕的事。

下面我就要告訴妳這件可怕的事——

它會令妳眼色發青，呼吸不順。四肢無力，顫抖不已。

湯馬斯．裘恩，這個孩子我還沒有跟妳提過。為什麼？因為我沒有那麼多墨水、時間。這個孩子體力充沛，就跟他強壯的獵人父親一樣——這跟童話故事很相似嘛！不好嗎？我勸妳最好改變一下想法。

湯馬斯從他父親身上遺傳了捕捉動物的天份，不是蓋的。這個孩子能用弓箭去射雞、用繩索套豬、和母牛搏鬥——讓人永難忘懷的是，在董事會前的一小時，我們大家正在做最後清掃，以歡迎董事的時候，前所未聞的惡事發生了。

這小子從黑麥場偷走捕鼠器，裝置在森林中，昨天早上那東西捉到了一隻特大號臭鼬。

最先發現這件事的是辛格鮑爾，牠回來後一點也不慚愧的，就在乾淨的地毯上發狂似的打滾。正當大夥兒的注意力全被狗拉走時，湯馬斯卻在一間沒人管的柴房內拼命地剝臭鼬皮。他把那張生皮藏在上衣裡，繞道穿過院內，小心地避過別人耳目，將那張皮放在自己的床鋪下。做完之後，他就照原先的計劃，到地下室去幫忙準備客人吃的冰淇淋。妳有沒有看到菜單上冰淇淋被刪掉了？

在剩下的一點時間內，妳就會因看到大家手忙腳亂地去除臭味而大笑。諾亞（黑人伙夫）在庭院的每個地方都燻起了煙，廚師將正在燃燒的咖啡豆撒遍了房內。佩姿把阿摩尼亞抹在走廊上，史密斯小姐高貴地在地毯上噴香水。我立即通知馬克廉大夫，等他來了之後，請他做了很多漂白液。可是被湯馬斯殺掉的那隻臭鼬的靈魂，還是不變地鎮壓住一切味道，高吼著復仇。

我在董事會上所說的第一句話就是，我們該不該挖個洞把所有的味道都埋起來。塞萊斯閣下並沒有抱怨我這個無法管束孩子的無能新院長；但是如果他告訴你，他是一邊偷笑、一邊回家的話，那麼我就了解，這些董事們對這件大事的反應了。

這只能說是命中注定的吧！

S·瑪格布萊德

〈星期五和星期六　約翰・葛利亞孤兒院〉

朱蒂：

辛格鮑爾還關在車房裡，湯馬斯每天都用煤酸水來替牠洗澡，以示贖罪。

我又想到使用錢的新方法，妳一定會很高興聽到它。我想要把一部份本來在批發商那邊採購的物品，換到附近的商店，雖然價錢沒有批發價那麼便宜，但也有折扣。而這最主要是為了從教育上著想，並非一些金錢損失的問題。它的原因就是下面我要說的。

最近我才了解到，這裡的孩子絕大部份對於買東西、用錢的觀念一點都不了解。他們認為那些鞋子、玉米粒、紅絲絨裙、燉羊肉、方格裙都是從天上掉下來的。

上個星期我皮包裡掉了一張綠色的一塊錢鈔票，而一位八歲的淘氣男孩檢來還我。妳知道嗎？他竟然問我能不能把中間那個鳥類圖案給他。原來這個孩子到現在還沒看過錢呢！當時我才明白，院裡很多的小朋友沒買過東西，也沒有跟人交易的經驗。想想看，當孩子一到十六歲時，我們就須把他們送入這個萬事皆錢的花花世界裡！這真的很嚴重！我們不可能永遠照顧他們，也不能讓他們一直過著與社會脫節的生活。

這個問題我想了一個晚上。隔天早上九點多的時候，我到村子裡去，試著和開店的七個老闆談話。有四個人贊成我的計劃，並且願意援助，有兩位覺得不太妥當，另外一位則一直忙個不停。因此就從這四家店開始，分別是服裝店、雜貨店、鞋店、文具店。我們給他們大批買賣，相對的他們當孩子們的老師。小朋友們到這四家店去選購物品，真正地用錢買東西……

例如，珍需要一卷絲線和一碼鬆緊帶。她會將二十五分錢交給兩位小女孩，讓她們手牽著手到米佳先生的店去。她們可以仔細的挑選絲線，量量鬆緊帶，這時候店員會注意的看她們的動作，並問她們還需不需要其他東西。當她們回來，並把剩下的錢交給我時，我會跟她們說謝謝，並讚美她們。她們也會覺得自己完成了一件很重大的事情，帶著這激動的心情回到同伴之中。

真的滿可憐不是嗎？普通十到十二歲的小孩可以自己處理的事，而這些孤兒院的小孩卻想都想不到哩！還不知道有多少這種問題呢。我只能用各種方式，多少幫他們一點。不管別人了不了解，我希望在不久的將來，從這裡出去的小孩子和一般的年輕人沒有不同。

〈再次提筆〉

今天晚上難得無事一身輕，我可以慢慢地和妳聊了。

戈登送花生來的事，妳知道了吧？從他這些禮物可以看得出，這個人還很堅持。昨天兩個粗壯的送貨員在玄關丟下了兩個特大號的箱子，我不知道是否戈登到玩具店去，被小姐給迷住了，箱子裡竟塞了一堆有錢小孩才能擁有的皮毛動物玩具。

我大概是不會想買這種東西，但妳應該看看孩子們有多高興。現在那些獅子、大象、熊、長頸鹿一隻隻地被帶到小朋友的床邊。我不知道這樣子對孩子們的心有何影響，他們會不會長大以後都想加入馬戲團呢？

史密斯小姐故意走進來了！再見！

S・瑪格布萊德

P.S. 浪蕩子回來了。

牠搖了三次尾巴打招呼。

四月七日　約翰・葛利亞孤兒院

朱蒂：

我現在正在閱讀有關女孩子的工作教育和本院飲食——蛋白質、脂肪、澱粉等等的正確比例——的小冊子。在這個所有的問題皆能用圖表表示的科學、慈善時代，孤兒院應該也能用圖表來代表。前任院長一定認識字吧，怎麼還會有那麼多的錯字。目前我正在收集資料，做一件對孤兒院而言很重要，而沒有人做過的事，我打算將來出版一本「董事操縱法」的手冊。

我的敵人說了一些很可笑的話——這個敵人不是塞萊斯閣下，而是我的第一個敵人馬克廉大夫，他又有了新興趣。他很正經地告訴我，（他怎麼可能不正經，從來沒看過他笑。）「從妳來了之後，我就開始注意，雖然有時妳有些傻，天生愛出風頭，但是妳並不是我剛開始所想的那種迷糊的女孩，妳找問題和深入關鍵的能力，連男人也自歎不如。」

男人真的很奇怪？在妳認為他正拼命在讚美時，他卻很單純地說你擁有像男生的頭腦。而且怎麼可以隨便誇獎人家，對於女孩子也不能胡亂批評呀。

由此妳可以明白，大夫對我的缺點一清二楚；而且在他考慮如何改正我時，他也下了決心要繼續教育我。像我這樣地位的人，對於生理學、生物學、社會學、心理學、優生學都應很了解，知道酒精中毒在遺傳上的影響，能做比奈式智能檢查法，連青蛙的神經組織也要曉得。為了方便我進修這些知識，大夫還很慷慨的讓我自由地使用他四千本的藏書。他會幫我帶來我想唸的書，而且用心地督促我用功。

天啊，這是什麼日子！求求妳快點來帶我離開這個鬼地方，我受不了啦！

莎莉上

〈星期四早上　約翰．葛利亞孤兒院〉

班頓夫婦：

接到你們的信了，對不起，筆太爛了。我不再想辭掉院長職位了，以前所說的一筆勾消。因為我改變想法了。你們想要派駐在這兒的人選，竟和史密斯小姐一樣。將這些可愛的孩子交給一位心地溫柔、無用、雙下巴的中年婦女，你們說什麼呀？光想到這種情形，都會傷害到一位具有母愛者的心。

讓那種女人先暫時代理一下院裡的工作總可以吧？開玩笑！要在這孤兒院工作的就非得是個年輕力壯、精力充沛、有能力、紅頭髮、心地善良的人——像我一樣。當然，我也有不滿——要應付這麼多事——但這些不滿是身為理想主義聖人的不滿。要我把費盡力氣才開始的美好改革全部放棄？太沒道理了！除非等到你們找到一位比莎莉・瑪格布萊德更偉大的人，否則我就待在這兒不走了。

話是這麼說，但我可沒有跟你們答應要永遠做這工作，我的意思是等到孤兒院上軌道的那天。在改建浴室和通風等這段時期內，我還是最理想的人選，而你們也可以在這段時間找出適合的人物。我太喜歡計劃改革、指揮的工作了。

這封信實在太莽撞了，可是又怕你們真的請了位無能、雙下巴的歐巴桑，造成無可彌補的錯誤，所以才這麼緊張。

可敬的班頓夫婦閣下，請不要開除我吧！只要讓我在這兒再待幾個月，只要看看我所做的事，保證你們一定不會後悔的。

莎莉敬上

〈星期四下午　約翰．葛利亞孤兒院〉

朱蒂：

我作了一首詩《勝利之歌》

羅賓．馬克廉

今天微笑了

真的喲！

莎莉上

四月十三日　約翰．葛利亞孤兒院

朱蒂：

我知道你們很高興——我也許不離開這裡了，我也很高興。不知道為什麼，我開始對這些孩子們有了感情。

好難過妳為了查比斯的工作必須要待在南部那麼久。好多急著想跟妳說的話，現在都需要一一寫在紙上，很麻煩、很討厭。

說到改建的事，當然很高興。妳的建議我覺得都很好；但是我也有一些想法，蓋新的體育館和寢室陽台雖然很好，可是我好希望能蓋小屋子！越了解孤兒院的內部情況，我就越發覺，要蓋一間不輸給普通家庭的孤兒院，沒有再比小屋組織的方法更好的了。社會是由家庭構成，孩子們應該很快地能過家庭生活。

目前我所考慮的問題是，改建期間孩子們要住那裡呢？總不能住在改建中的房子內吧……跟馬戲團借帳篷，搭在草地上，妳覺得如何！

而且趁著改建，我想增加幾間客房，以後碰到出去的孩子失業或生病時，都可以回來住。

要想把孩子的心繼續抓住，最好的一個手段就是永遠關心、照顧他們。後面沒有家庭當靠山的人是多麼的孤單呀！對於一向被父母、叔伯、兄弟姊妹包圍的我而言，簡直無法想像這種情景。如果沒有很多避難處，那我一定會害怕得連喘氣都不敢了。我一定要讓孤兒院成為那些孑然一身的孩子們的安全窩。所以拜託，請給我六間客房吧。

再見，好高興接任者不來了。我的對抗意識之所以這麼強烈，實在是害怕在我大好計劃沒動工前，接任者就出現了。我似乎和莎堤一樣了，有做不成的事，心裡就不舒服。

暫時見不到妳的　莎莉

〈星期日約翰．葛利亞孤兒院〉

戈登先生：

最近沒有寫信給你，被你抱怨也沒話說，可是孤兒院院長的事有多麼繁忙是你們無法想像的。我寫東西的力氣全部在給朱蒂．班頓的信上用盡了。只要三天沒寄信，滅火似的電話就來了。而你——最體貼的先生——只要沒收到信，就會有禮物送過來，讓我又想到你。所以呢，偶爾把你擱在旁邊一會兒，我們就又可有好處可得了。我和朱蒂約定繼續留在這裡的事情，你知道了，大概又要吃醋了吧！

班頓夫婦雖然找到一個要接替我的女人，但那個人只能暫時應急一下而已，實際上並不適合。而且，戈登，有一件事我要向你招供，真的要我離開目前正著迷的計劃或活動的話，即使是回去威斯特，我都會覺得無聊死了。如果要我放手不管孤兒院，除非找到一個像這裡那樣充滿挑戰性，能讓我燃起鬥志的地方。

謝謝你所教我的方法。但是我也跟你提過，我已經決定不管多久時間也要完成計劃，因此不要再和我說什麼暫時在此的事。尤其是我現在正開始高興自己對社會有點用處，幫孩子們做事是前瞻性、建設性的工作。這觀念並不只是從那位蘇格蘭大夫得來的，也是我自己快樂的新發現……說到那位先生，可真是位前所未聞的人物，他總是深沈悲觀地看到一切頹廢、不健康的地方。我則是一股傻勁地在這孤兒院中朝氣蓬勃地發動一切。

一想到孩子們的生命能不斷地向各方面發展、延伸，我的心就激動不已。在這座兒童的花園中，我能不能讓它開出最燦爛的花呢？咦，怎麼變得多愁善感了——原來是肚子餓的緣故——吃飯的鐘響了！今天的菜很好吃喲。烤牛肉、奶油紅蘿蔔、蘋果派。想不想和我一塊吃飯？我會非常高興地迎接你。

F.S.

上次你帶來的那四隻小貓，現在已生小孩了。

我大略地算一下，我們院裡已經有十九隻貓了。

莎莉敬上

四月十五日

朱蒂：

首先想要跟妳說的是，能不能將妳上個月剩下的費用再捐一點給孤兒院？另外還要麻煩妳向紐約的貧民發布一則新聞廣告，其內容如下。

〈請求啓事〉

敬告各位欲要捨棄孩子者，

請務必在孩子三歲以前丟棄。

要請這些父母配合的，最重要的莫過於此事。

院裡面有個孩子，我真想向他投降；可是他才五歲，我怎麼能輸。他個性不穩定，不愉快時一句話也不說就砸東西。我來這裡還不到三個月，這段期間內，大部份古董都被他砸壞了——還好倒沒損壞到藝術品……

在我來之前一個月，這個孩子趁著管理員不注意時，將職員餐桌上的桌巾拉了起來，要喝的湯、花瓶全掉了滿地。前任院長將他打個半死，但是也沒將這孩子的脾氣改好。就是這樣子把他移交給我。

孩子的父親是義大利人，母親是愛爾蘭人。孩子有頭紅頭髮、愛爾蘭式的雀斑和拿波里的漂亮眼珠。父親後來死於打架，母親逝世於酒精中毒，我都不知道這孩子到這裡來以前是怎麼生活的。說到他的禮貌，那才叫嚴重！妳根本無法想像。不是三字經就是罵人，我送他外號——「拳頭師父」。

昨天這小孩一邊扭著身體，一邊鬼叫地被捉到我屋子來。他打了一個小女生，並搶走洋娃娃。史密斯小姐把他丟到我後面的椅子上，讓他安靜一下就出去了。我還是繼續寫我的……突然嘩啦一聲，這孩子竟然把大盆綠色盆栽從窗台丟了出去，砸得碎碎地。而當我被聲音嚇得跳起來時，墨水也被弄翻了，這位

「拳頭師父」竟然笑得前仰後倒，真是無法無天。

我決定要對這個小孩換一種新的教育方法。我想，用誇獎、鼓勵和愛應該是會比較有效吧，因此，我把他丟盆栽的行為當作是因為不小心、並沒有責備他。我親了他一下，叫他不用擔心，不必想太多。他吃驚地安靜下來，在我幫他擦去眼淚，吸乾地上的墨水時，孩子一直屏住氣凝視著我。

目前這個孩子是孤兒院內最大的問題，其實他真正需要的是有耐性、愛心、至親一樣的照顧——當他真正的父母，再加上兄弟姊妹的愛。在這孩子說髒話、砸東西的習慣還沒改正以前，我不會把他送給人收養。我將他和其他孩子隔開，中午前待在我房內。易碎的東西，珍都收好，放在高處。有一件好事，就是這孩子喜歡繪畫，兩個鐘頭內他就一直坐在地毯上拼命揮動彩色筆。我讚美他畫的那艘黃旗飛揚的紅綠色渡船。他抬頭，起先是驚訝，然後變得可親、和諧，雖然他一直一句話也沒說。

中午，馬克廉大夫來了，同樣也誇獎他的渡船，拳頭師父滿臉的得意表情。稍後為了獎賞他的禮貌，大夫讓他坐上汽車，帶他到鄉下病患的地方去。

拳頭師父他們大約五點左右回來。大夫拉長著臉，因為他看到了孩子的真面目。這傢伙在安靜的農舍間對著雞群投石頭，割破溫室的窗戶、抓著可憐的安哥拉貓的尾巴繞圓圈，讓那隻貓沒命地大叫。而當老太太很客氣地告訴他「要愛護動物」時，他竟然回答「放屁！」

像這樣對什麼都好奇的孩子真讓人受不了。要拂去這種孩子腦海深處那些可怕的記憶，也不知道要花多少年，灌注多少愛心。像這種孩子很多，而職員太少，所以我們沒辦法充分地照顧每一個。這也是我們無奈的地方。

換個話題好了！馬克廉大夫一直在研究的遺傳和環境問題，現在也開始讓我傷腦筋了。像這種節骨眼，我只能儘量表示個性和遺傳無多大關係，讓他看到世界好的一面——如開朗的人生觀，社會事業家等好的層面。

〈城的時鐘上，現在正是子夜〉，記得這首詩從那裡來的嗎？國文老師教的。我最恨那堂課了！而國文最強的妳卻最喜歡。每次我一進教室，除了打瞌睡外，什麼也沒聽到。可是這句話我可沒有記錯。看了壁爐上的時鐘，真的半夜了。祝妳有個好夢！再見！

莎莉上

〈星期二〉

強敵先生：

診療完後要請您到我書房喝個茶。

這裡有特別的蘇格蘭圓麵包，放在三腳架的盤子上，等著招待您……

不怕您笑話，目前我正啃著卡力卡克家族的書。就因為您的命令，讓我唸書唸得筋疲力盡。為了要當一個偉大的院長，我的精力都耗乾了。而且你在大學教授的課程內容我都不懂。如果我告訴您，上個星期上課的前一天晚上，我到半夜一點才睡的事，您一定會好生氣吧？可是要將偉大的您所交代的書都唸完的話，我非得每晚熬夜不可。

所以，請您將書拿回去吧！平常晚餐後，我都一定會休息三十分鐘，而且我也很想看威爾斯最近出版的小說，但我還是聽了您的吩咐唸《卡力卡克家族紀事》。

最近，人生突然變得匆忙了。

莎莉敬上

〈星期五〉

戈登先生：

您很驚訝我對於精神衰弱症狀的興趣，是因為您剛好對它不感好奇是嗎？其實我也很奇怪，既然您對它無好感，那又怎能為它在社會立法，這不是很不幸嗎。您怎有辦法制定有關它的法令呢？

不談這些了，我們來說您想養貓的事。我們院裡最近買了四十五公尺長的藍、粉紅、綠、淺黃的髮帶，送給五十位院內小女孩當作復活節禮物。我也想到要送您復活節禮物。毛茸茸、很可愛的小貓咪如何？上面所畫的種類中那一種都行。

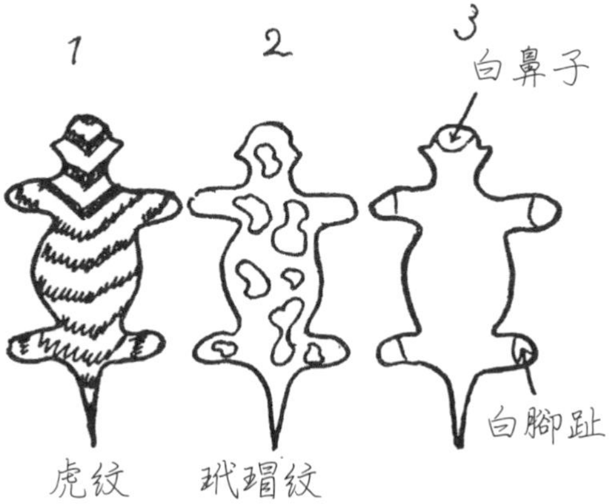

第三種花紋的貓有灰、黑、黃色，告訴我您要那一種，我馬上送去給您。

我實在很想好好的寫一封信給您，可是已經到了午茶時間，而且有客人來了。再見！

莎莉上

P.S. 您知不知道有誰想要收養一位新牙齒已經長滿十七顆的健康男孩？

四月二十日

朱蒂：

一便士一個的十字麵包——在受難日我們收到了一百二十個這種麵包，是蘿．派斯特．拉巴特夫人所送的。在兩、三天前，我跟她見面、喝茶，她就像個哥特式彩色玻璃上所繪的貴婦。好在有這個可以看，打發了無聊的喝茶時間。夫人問了我關於孩子的事，還說我從事於這種清高的工作，以後神一定會報答我。我看見了夫人眼中的「麵包」，所以就乖乖地坐在那裡陪她說了三十分鐘的話。

而且我很有禮貌的告訴她，我的孩子們接到麵包時會如何地高興。我說這話時充滿感情，也讓她心動不已。有件事我必須要告訴妳——可是，我們那位拳頭師父拿了麵包就往史密斯小姐臉上砸去。不用說了，當然是準確無疑的貼在臉上。不過值得高興的是，這位夫人好像會成為一位大方的捐贈者呢！

完了，我的「乞丐性格」越來越嚴重了！由於我死皮賴臉地要東西，現在這裡已經是我家親戚最不想來的地方。為了將來想成為花匠的孩子，我威脅父親立即送六十五套工作服來，否則就跟他切斷父女關係。今天早上貨運公司有通知來，叫我們去領回兩箱由瑪格布萊德公司寄來的貨物。無論如何，父親是不願意跟我切斷父女關係的。珍由於有相當收入，所以我還沒給過她薪水。雖然我會常常寄一些內附此處欠缺物品的明細的可憐信件給妳，但……

最近，戈登好像體會到（並抓到）我這個做母親心情的秘訣。知道我收到花生和動物玩具時的快樂，他現在隔幾天就會送些東西過來。向他寫感謝函又不能內容相同，所以還挺浪費時間。上個星期他送了十二個大紅球來，把育兒室擺得滿滿的，走都不能走。昨天又寄了好多能浮在浴缸上的青蛙、鴨子、魚。

妳在董事裡算是最和藹可親的一位，所以呢，請妳也送一些浮水玩具來吧！

莎莉上

〈星期二〉

朱蒂：

春天在不知不覺中悄悄地來到了。鳥兒也從南方飛回來了。我們也來學小鳥好不好呢？

〈我的小鳥問候圖〉

第一號是高曼托利夫婦，他們剛從佛羅里達旅行回來。

查比斯・班頓夫婦也快回來了嗎。

在這鎮上春天雖然比較遲，但是綠草香也已經散佈在微風中，人們不想要再一直待在家裡，而想到附近山坡走走，親親土地。到了植物萌芽的春天，連都市人心中那親近泥土的本能都甦醒了，好奇妙吧？

我計劃把九歲以上的孩子帶到田裡去消磨上午的時間，所以會有一大片馬鈴薯田要遭殃了。但是又找不到其他可供六十二個小孩耕種的田地。那地方離這兒不遠，因為從北邊窗戶即可望見，所以說它不遠。而且不管孩子怎麼淘氣，妳應該不用操心那片田野景觀會被破壞。那土地很肥沃，長什麼都很快的。孩子們在炎日下流下了大量汗水，而最後什麼收穫都沒有，太不公平了。所以為了鼓勵他們，院裡面會買下他們種的食物，是付真的錢喲！從現在起，妳要有所覺悟，將看到我的「蘿蔔大軍」。

我希望在孩子們的心中培養出一種不依賴他人而自立自強的精神。這裡的小孩很缺乏這兩種堅強的個性。（莎堤等少數頑皮者例外。）淘氣、有精神的小孩讓人覺得有希望；最傷腦筋的是那些太老實、常發呆的孩子。

這幾天都忙著驅趕拳頭師父身上的惡魔（惡習）。如果我能把自己的時間全花在這事上，那倒還好。雖然要驅逐的惡魔很多，但只要我們稍加注意，它就會越來越少了。

這裡的生活中最大的問題就是，當你想要去做某事時，其他無法放開的事卻又一股腦兒地拖在裙尾上。拳頭師父身上的惡魔非得要人隨時監視才行，而這個監視工作最好是兩個人來做，我認為，可以互相輪替。

莎堤正從育兒室飛過來，她報告說，有寶寶把紅金魚（戈登送的玩具）吞下去了。老天，孤兒院內什麼事都有。

莎莉上

〈晚上九點〉

看到孩子們都上床了，突然讓我想到，如果人類的小孩子也有冬眠，那該多好？從十月一日孩子們上床，直到四月二十二日才醒來，那孤兒院的工作不就輕鬆、愉快多了嗎？

四月二十四日

查比斯·班頓先生：

這封信是為了說明十分鐘前我所拍給你的電報內容——短短五十字，您大概不會了解整個事情的始末。當我決定將管農耕的人員開除時，對方斷然拒絕，還要我提出由董事會會長所發出的正式通告。他的身體有我的幾倍重，我根本無法把他拉到門口扔出去。所以，會長大人，求求您儘早把通告寄給我。

下面則是事情的原委：

由於我到任時還是冬天，所以對於田裡的事及管農耕的洛巴頓·史坦利都沒注意到，只有叫他清掃兩次豬寮罷了。可是，今天當我和他商量春天的作物問題時，他卻大叫起來。

剛開始，他一副老實樣，戴著帽子，沈穩地坐下來，此時我盡量不傷和氣地請他把帽子脫下來。由於我房內經常有孩子出入，而入內脫帽子是男生禮儀的第一條，所以不說不行。

史坦利照我的話把帽子脫了下來，但態度卻開始轉硬，不管我希望做什麼，他都反對。

首先，今年孤兒院的馬鈴薯打算減少產量，史坦利一聽馬上就發出了吼聲，那樣子就像流氓，只是流氓還比他高級點。我告訴他，今年應該改種多樣化的蔬菜，像玉米、扁豆、洋蔥、豌豆、蕃茄、甜菜、紅蘿蔔等，讓孩子食物均衡。

史坦利回答我說：「馬鈴薯有什麼不好，我就是吃它長大的。孤兒們吃這個就夠了。」

我還是繼續說，要將八平方公里的馬鈴薯田在鬆土、施肥後，把它分成六十塊小田，而且男孩子都會幫忙

說到這裡，史坦利爆跳起來了。這八平方公里的田地是這兒最肥沃、最重要的地方。要把它分割，讓小孩子亂搞，董事會如果知道了，立刻會罵人的。這塊地適合種馬鈴薯，從來沒有種過別的東西，它只能種馬鈴薯。

「你不用再說什麼了。」我很溫柔地回答：「我已經決定這塊土地是讓孩子們耕種的最佳地方，你和馬鈴薯都可以退休了。」

於是，他大發雷霆地站著罵：「妳這個都

市來的傢伙，×××，只會出一張嘴巴來干涉我的工作，×××！」

我這個愛爾蘭產的紅髮女人，這時很鎮定地說明這塊地讓孩子們使用的利弊，用我都市人清晰、高尚的用語，多少也讓對方信服一些。雖然我並未要他理解這道理。我又跟他說，我想請他幫忙的是，付出他的力氣和耐性，教孩子們耕種和簡單的戶外工作，當這些生長在街頭上的孩子們的榜樣，讓他們成為精神飽滿、親切可愛的人。

史坦利一邊在屋子內走來走去，一邊像參加學校演講比賽一樣，振振有詞地說我不可理喻；突然話鋒一轉，又說到婦人參政權的一般社會問題了。我就讓他一直說下去，等他說完時，就交給他一張薪水支票，請他做到星期三中午十二點為止。

史坦利憤怒的說，「×××，妳竟然敢這樣做。（對不起，信上不斷寫×××，因為他都是這麼說的。）我是由這裡的孤兒院董事會會長雇用的，就連會長要請我走路，也不是那麼簡單。」這個人真可憐，已經換了新會長，他也還不知道。

好了，報告結束。我並不是要恐嚇您，但是在史坦利和瑪格布萊德之間，會長您要選擇一位。又——我已經寫給麻薩諸塞農業大學校長，請他推薦一位能照顧六．八公頃土地、管理一群少年、人品優良，又擁有一位賢慧妻子、具執行能力的好人材。

孤兒院如果能確實執行農耕教學，不但可以收穫玉米、洋蔥當作食物，另外也一定可達到手腦並用的教育效果。

約翰·葛利亞孤兒院　院長　莎莉敬上

P.S. 史坦利不知道哪時會回來拿石頭砸玻璃，我們要幫窗戶保險嗎？

強敵先生：

今天下午您一下子就不見蹤影了，還沒有跟您說抱歉。

可是那一聲解雇通知的炮彈聲，連我的書房都感受到了，而且殘局我也領教過了。您到底是怎麼揍那位可憐的史坦利先生？當我看見您怒氣沖天地走向車房方向時，我就開始後悔打電話給您，把事情弄大了。我並沒有叫您把他殺了，只是想請您好好地跟他說而已。您太粗魯了吧。不過，您這個差勁的方法倒是生效了。我聽說，史坦利馬上用電話叫了一部馬車，跟老婆捲鋪蓋走路了。

對於您的援助，我真是衷心感謝。

莎莉

四月二十六日

查比斯先生：

您十萬火急的電報收到了，那件事已經結束，您可以放心。發揮他那超人打架能力的羅賓・馬克廉很漂亮地把事情解決了。前天我也是按捺不住滿腔怒火寫完給您的信後，立即掛電話把馬克廉大夫請來，告訴我們這位缺點不多（還在找）、知識淵博的先生，有關農田計劃和史坦利先生的態度。他說了一句：「院長的威嚴一定要維持！」（這是順便提到的，您真應該聽聽他說得多棒！）

不騙您，他是真的這麼說的，而且他一掛斷電話，馬上去發動汽車，超速地飛了過來，帶著蘇格蘭人特有的牛脾氣直衝到史坦利處，讓那人嚐到真的解雇打擊。為了這場大戰，車房的窗戶都碎了滿地呢！

今天早上十點，裝載史坦利行李的馬車終於走了，約翰・葛利亞孤兒院又再度被安靜的和平所籠罩。好高興，在那位理想的農耕管理員來到之前，我想先暫時請村裡的人幫忙。

真對不起，讓您們添麻煩、擔心了一陣。

麻煩您跟朱蒂轉告一下，「要再借幾卷信紙，沒信紙可沒辦法寫信唷！」

莎莉敬上

朱蒂：

昨天寄信給查比斯，倒忘了謝謝你們送來的白鐵浴桶。它的邊框畫有藍天、小狗的圖案，讓育兒室整個亮了起來；還有讓小孩子無法吞食的大玩具，真高興死了。

這裡的工作教育已經漸有進展，小學部的教室內現在也加了作業枱。在增建期間，馬修斯小姐提議讓小學部在正面陽台上課。

女孩子的裁縫課也開始上了。做手縫的孩子們就坐在山毛櫸樹下，大一點的孩子就輪流踩三台縫紉機。等她們學熟練後，就可以著手修改孤兒院的服裝了，真棒！妳一定認為我想得太簡單，沒錯，做一百八十套服裝的確是大人才做得來的。但是，如果女孩子們能夠自己做衣服，那要修改衣服就容易多了。

以下是好現象的報告——這裡的衛生、健康狀況也很有進步。照馬克廉大夫的構想，早上、晚上應該有體操時間，每節課之間休息時，我們也供應牛乳和捉迷藏遊戲。大夫教孩子們生理方面的課，他讓孩子分成幾個小組到他家去，參觀可以卸下、組合，觀察內臟的人體模型。孩子們現在一談到自己的消化等科學性知識，就像在唱兒歌一樣的流暢。下次妳來，一定會有知識得讓妳認不得。聽他們說話，妳真會嚇一跳，跟波士頓的孩子完全相同。

〈下午兩點〉

唉！朱蒂，有麻煩事了！妳還記得幾個星期前有個很可愛的小女孩被收養的事嗎？這個家庭看起來是很不錯，住在某個美麗的村莊，養父是教會執事。而哈蒂也很乖巧、天真，是教養不錯的小女孩。我們都認為他們彼此應該都很合得來。可是，這個孩子早上被送回來了，是因為偷竊；最嚴重的是，她竟然去偷教會裏面聖餐用的杯子！

孩子哭得稀里嘩啦！對方拼命在責罵，我花了三十分鐘才弄懂真相。這家人所屬的教會就像馬克廉大夫那樣，很講究現代衛生，所有人都各自有聖餐用的杯子。悲哀的是哈蒂從來不知道什麼叫聖餐式。事實上，教會的事情她也都不曉得。平常我們認為上主日課也就夠用了；而現在收養哈蒂的家庭，讓哈蒂教會、主日課都去。有一天，哈蒂很驚訝又高興，因為教會有吃的東西。

可是並沒有分給她，而哈蒂也沒說什麼，她被排擠慣了。但哈蒂發覺到大家回去時都把小銀杯留下來，她想，帶回家當紀念品也不錯，於是就放一個在口袋裡。

哈蒂把這個杯子當作是她洋娃娃之家最重要的裝飾品。以前她常在玩具店的櫥窗中看玩具餐具，她也好想要。聖餐用的杯子雖然不像那些玩具，可是也滿好的，能夠讓這家庭的人信仰心更強。其實，一般稍具知識的人碰到這種情形，大概會去買個類似的杯子還給教會，然後再帶哈蒂到附近的玩具店買幾個玩具餐盤。可是這家的人大不相同，他們馬上把哈蒂和行李塞進汽車，載到孤兒院的玄關，大聲喊著：「這孩子是小偷！」

在信上我描述得很順暢，實際上，我還很生氣的罵了那對執事夫婦一頓。他們大概在教會還沒聽過這樣的說教，我借用莎堤平常使用的話罵他們，兩個人後來落荒而逃。

可是留下來的孩子呢！好不容易才被收養，卻又羞辱地被送回來，對小孩的心靈影響真的很大，尤其是自己認為並沒有什麼錯的時候。孩子會認為世界上陷阱很多，踩進去是很可怕的。看到哈蒂的遭遇，讓我更下決心要大幹一番，像這種上了年紀的宗教狂份子，又忘了自己也曾當過小孩的雙親，以後我是會避免的。

〈星期日〉

忘了告訴妳，新農耕管理員來了，他叫湯費爾特。他的太太是黃頭髮、有酒窩、很可愛的女人。這位太太如果是孤兒的話，應該會被搶著收養。讓人空著沒事做總是可惜，所以我馬上拉著他，訂好了計劃。增建管理員住的小屋，成立一個保育室，這位溫和的太太可以負責。把新入院的孩子放到那裡去，讓這位太太教他們禮節、說話，糾正他們不好的行為。

妳認為如何？像這種整日吵鬧不休的孤兒院，這種措施是很有必要的。我現在用的言語很專業、科學吧？只要每天

和羅賓・馬克廉大夫說話，久了就會被各種計劃綱要所淹沒。

湯費爾特來了之後，我們的小豬都變得不一樣了。好乾淨，肉色好，都不像是豬了。假如和別人擦身而過，人家一定不知道牠們竟然是豬。

馬鈴薯田的樣子也變了。木樁和繩索像金色網目一般將田隔開，孩子們都有自己的田，他們現在每天只顧著參考種子目錄表。

諾亞想要看星期天的新聞，到村裡去，現在剛回來。他真是一個有學問的人，拼命看書，而且看書時還戴付玳瑁眼鏡。妳星期五晚上寫的信，諾亞也順便帶回來了。妳和查比斯不喜歡《根斯．貝林》的作品，所以唸她的書很辛苦。哈，我可以告訴別人說：門班頓夫婦是一對沒有文學修養的人士！」

馬克廉大夫那兒來了一位也是醫生的客人。這人看來很憂鬱，是私立精神病院的院長。我認為他的人生一定很無聊，每日三餐都跟憂鬱症的患者待在一塊的話，想要生活樂觀也很難。我故意在裡面走來走去，看看能不能發現一點他不正常的地方。我找到什麼妳知道嗎？在我跟他說了三十分鐘的話後，他竟然說：「喉嚨打開，讓我看一下。」

莎堤選擇朋友的口味，似乎跟她在文學上的興趣相同。

罷了，這還算是信嗎？再見！

莎莉上

五月二日　星期四

朱蒂：

一連串的事情，真讓人眼花撩亂！約翰．葛利亞孤兒院一刻也不得閒。我正煩惱在木工、水電、土木工人來工作之後，孩子們要放到那裡去時，問題就突然解決了。應該說是謝謝大哥把它解決了。

今天下午，我調查床單的存量，才發現我們的床單只能兩個禮拜換一次。可是，不常換床單會容易養成大家懶散的習慣。嘆了口氣，一轉身就看到身邊一位披戴滿身工具，活像個中古騎士的人，正跟我彎腰鞠躬。我還以為又有外賓要招待了？沒想到竟是——傑米！

我正忙著，所以稍微用鼻尖親了他一下，就叫院裏兩個年紀最大的孩子帶他參觀孤兒院。可是沒多久，他們就再叫了六個伙伴玩起棒球來了。傑米玩得熱呼呼地，決定把歸期順延。他喜歡這裡，他要在這裡度週末。但等他吃過晚餐後，倒希望吃飯能在旅館解決。當我們在壁爐邊喝咖啡時，我告訴他，在保育室興建時，小孩子不知道要怎麼辦。於是，傑米馬上替我設法了：「我們可以在森林邊的小高台上搭帳篷，另外再蓋三間每間可容納八張床鋪的小木屋，夏天時，可以把二十四個較大的男孩子搬到那裡。錢，根本不需要花。」

「說起來簡單，」我反對：「那找誰來照顧孩子。」

「不用再另外請，」傑米很得意地回答：「找一些暑假喜歡到這裡來的大學同學。只要負責吃，一點零用金就夠了。可是，食物一定要比今天吃的好些。」

馬克廉大夫看過病房，九點時順便來我這裡。孤兒院中有三個孩子得了百日咳；不過不用擔心，已經把他們隔離開了，所以並沒有傳染開來。我也想不透這種病怎麼會傳到院裏來，一定是患有百日咳的小鳥把它們帶來的。

傑米請大夫支援他的帳篷計劃，沒想到，大夫也跟著瘋了。兩個人拿了鉛筆就開始畫設計圖，還沒很晚，他們就連最後修飾也完成了。十點時打電話給木工，請他明天早上八點把工人和木材都帶到這裡。

十點半時，好不容易我才拜託他們離開，他們還是柱子、釘子、排水溝、屋頂配置的方式說個不停。

由於傑米一直喝咖啡，談蓋木屋，興奮得不得了，所以我只能潦草地把信結束，詳細內容以後再說了。

莎莉上

〈星期六〉

強敵先生：

今晚七點能不能請您到這兒來用餐呢？是正式的晚宴，有冰淇淋供應。

我哥哥已經找到照顧孩子們年輕人——我想您一定知道——是在銀行工作的威特斯先生。

這位先生是位在社交界很受寵的活潑青年，聽說也很懂得吃。他應該會在孤兒院生活得很滿意吧？

莎莉上

〈星期日〉

朱蒂：

傑米和大夫在八點多的時候到這裡來集合。這兩個人和木匠、新農耕管理員、諾亞、兩匹馬，就這樣，八個大孩子拼命地工作。我還沒看過像他們這樣的工作法，這裡好像真的來了二十個像傑米的人。而要逮住我這個熱心哥哥唯一的秘方，就是要趁他熱度還沒退潮之前。

星期六早上，哥哥精神煥發地回孤兒院，他又有新招了。前一天晚上，他在旅館中碰到了朋友。這位先生和大哥都是加拿大狩獵俱樂部的會員，在第一國立銀行出納課任職。

「了不起的運動員，教養又好，可以跟孩子們一起搭帳篷，並指導他們。只要負責吃的和一個月四十美金的津貼，他就很高興了。我跟他說過這裡的食物很難吃，不過，他如果不滿意的話，我們再換廚子吧！」傑米說。

「那位先生的大名是？」雖然我還在忙別的事，也禁不住問他。

「他的名字可偉大了，叫派西．德．霍雷斯．威特斯。」

我頭都昏了！要不要請他家的人考慮一下，讓派西來照顧二十四個頑皮男孩。

但是傑米又做了什麼事，妳知道嗎？他已經請派西先生在星期六晚上和我們一起用餐。由於這兒只有小牛肉，所以他又向村裏的飯館叫了牡蠣、烤雞、冰淇淋。結果，我請了一頓很豐盛的晚餐，連馬修斯小姐、佩姿、馬克廉大夫都請來了。

塞萊斯閣下和史密斯小姐本來也想請的。自從和這兩人見面以來，我總認為他們之間如果能爆出愛的火花，該有多好，再沒有這麼相配的了。塞萊斯閣下如有個能牽引他的心的老婆，那他就不會把這裡盯得那麼緊了，到時我就可以擺脫掉這兩人了。一石二鳥，這也是我的計劃之一。

晚餐後，我所擔心的不是派西能力的問題，而是他做得下去嗎。我們無法再找到比他更受孩子歡迎的人物。第一個印象就覺得他什麼都好，至少他不荒唐。文學、藝術方面也好得不得了，運動方面那更不用提了。他喜歡在戶外睡覺，大部分男生都是。他和孩子們一見如故，常常看書，但不深入，這是他說的。派西真的是被埋沒的人材。

要回去前，我們的傑米先生找出了提燈，就穿著晚宴服，越過挖鬆的田埂，招呼派西去看未來的住家。

對了，今天是星期日，普通木匠是決不會上工的。而那些人也不管會給一百零四個孩子什麼壞影響，竟工作了一整天。叫他們不要工作，一群人就站著觀察小屋，摸弄鐵鎚，商量明天早上釘子要釘在那裡。我越和男生相處就越了解男生——他們只不過是大孩子，可是又不准人家瞧不起他們。

我很擔心派西的吃飯問題。他很講究用餐，又滿能吃，不穿晚宴服是吃不下晚餐的。我拜託佩姿，從她家裝了一箱女孩子的晚宴服拿過來。我想我們也要服裝整齊才行。有個好消息，這位先生的午餐在旅館用，而那裡的菜是出了名的份量多。

要請妳轉告查比斯，好可惜等他到這裡時，小屋的釘子都被釘光了。

塞萊斯閣下來了。啊！啊！

不幸的　莎莉上

五月八日 約翰、葛利亞孤兒院

朱蒂：

小屋蓋好了，大哥這個建造者也要回去了，二十四個孩子在戶外已度過兩個健康的晚上。圓木小屋在這裡像氣氛極好的農舍般聳立著，它三面封閉，只有正面有開口，其中一間比較大的是派西住的。小屋壁上裝有水龍頭，有三個噴口可以淋浴。小孩子可以站在椅子上沖洗，不過只有冷水，所以孩子們個個哆嗦得只想逃。沒辦法向董事要浴桶，在這裡只好用盡一切手段了。

現在三間木屋各自成立三個印第安種族，各有酋長負責任，派西是大酋長，馬克廉大夫則是巫師。星期二的晚上，根據種族儀式，舉行了成立大典。我也被隆重的邀請，但是考慮到這個儀式禁忌女人，所以我只送點心贊助，並不出席。不過大家的風評很好。

佩姿和我走到棒球場，偷瞧一下祭典的熱鬧情形。戰士們把床單包在身上，戴著漂亮的羽毛，圍著大營火坐下來。

大夫披掛著帕契族的披肩，跳著出戰的舞，傑米和派西打鼓——可憐的銅罐，永劫不復地凹凸不平了。那是莎提的！我第一次看到大夫年輕的光彩。

過了十點，戰士們都無事地回到床鋪。三個大人則到我的書房裏來，好像已經在慈善大事業上奉獻了所有，精疲力盡地倒進了椅子內。可是他們也不肯讓我閉上眼睛，因為一提到剛剛的熱鬧，他們又興奮起來了。

直到現在，派西先生好像都很滿意。在佩姿的管理下，職員室的餐桌上似乎也變得活潑多了。當然希望飯能更好吃，而派西先生也能適應這裡所供應的餐點。

這裡沒有可以讓派西先生自己運用的私室，我問他是否能委曲一下，使用保健室，而他答應了。謝天謝地！他說在牙科用椅上伸直身體，抽煙斗、看書，也很快活。真難得，這位在社交界出入的人，竟能夠這樣淡泊地度過夜晚。他那位波士頓的未婚妻真是幸福。

哇！有參觀者的汽車來了。佩姿不在，我必須出去看看了。再見！

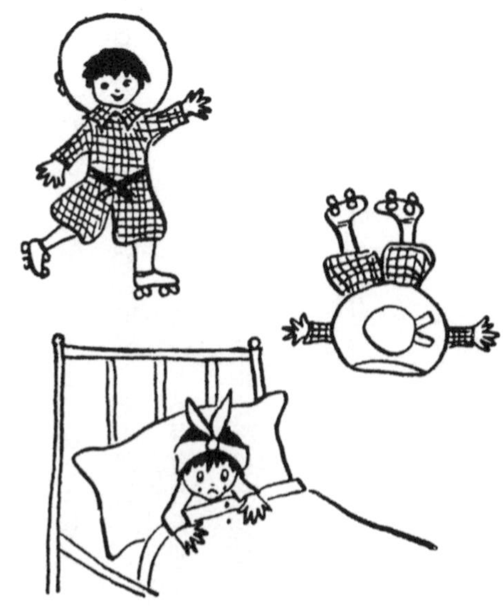

莎莉上

戈登先生：

這不是信——也不是借條——是六十五雙輪子溜冰鞋的收據。

真的非常謝謝您。

莎莉．瑪格布萊德

〈星期五〉

強敵先生：

今天您來的時候，我剛好出去了。

《遺傳學教育論》一書和留言，珍都告訴我了。她也跟我說，幾天後您要問我有關內容。不知道您是要用筆試或口試呢？

您不覺得這種教育方式很獨裁嗎？我常常在想，您是否也應自己力求進步才對。如果您能將我借給您的書唸了，那麼我才唸您的書。怎樣，我們來做個交易吧。

隨同這封信，附送一本《有利的對話》給您，一兩日之後，我可要考考您哦！

要讓蘇格蘭長老教會的人變得活潑可愛，實在是一件費力氣的事，可是「精誠所至，金石為開。」不是嗎？

莎莉上

五月十三日

懷念的朱蒂：

俄亥俄州的雨季來了！這裡的地面就像浸了水的海綿一般。雨已經連續下了五天了，孤兒院亂成一團。

很多孩子們的喉嚨和支氣管都不舒服，我們也連著兩個晚上半夜起床。廚師提出了辭呈；牆壁裏又發現了死老鼠；還有三間圓木屋都漏水。今天早上下了一場大雨後，二十四隻印第安種落湯雞裹著溼床單，全身抖個不停地跳進家裡來。他們還很高興呢！從那時候起，樓梯間就掛滿了濕答答的床單，整個屋內一點乾的地方也找不到。

派西先生看太陽沒有露臉的意思，就回旅館去了。

四天之中，孩子們無法運動，整天關在家裡。看起來個個無精打采，一副無聊至極的表情，看了真難過！

佩姿和我絞盡了腦汁找可以讓這些孩子運動的地方和遊戲。捉迷藏、枕頭戰、在餐廳做體操、在教室內玩布袋（玻璃損害兩塊）。男生就在走廊青蛙跳。壁漆不斷地剝落，掃都掃不完；木板釘的地方全都裂開，地皮部份臨時先修補，可是那木頭還是會彈開，好像隨時要開戰一樣，氣氛好緊張，害我沒事就猛瞧地板。

看莎堤頑皮得過火，簡直就是個小惡魔——有女的惡魔嗎？沒有的話，那莎堤就是始祖了。

今天下午，羅莉塔．希金斯——我不知道唸對了沒有，又發脾氣了，吵個不停，賴在床上哭鬧了一個鐘頭。誰去靠近她，她會像風車一樣扭動，又叫又踢。她直鬧到精疲力盡，直到大夫來之後，才將她送到病房的床上。

等羅莉塔睡著後，大夫到我書房來，想要查她的記錄。

羅莉塔十三歲，到這裡來已經有三年時間，這種情形發生過五次，每次都被嚴厲地懲罰。有關這孩子血統的記錄則很簡單——「母親在州立收容所內因酒精中毒而發瘋死亡，父親行蹤不明。」

大夫皺著眉頭把這篇記錄看完，斜著頭、嘆口氣。

可憐的大夫，這種人只看得見世界的黑暗面。真不可思議，那有人每天都生活得這麼無趣。

今天大夫的樣子就像他自己的神經也都跟著不安。早上五點時突然有嬰兒患者叫他出診，他就在雨中飛跑而去。

再見！今天寫的盡是一些掃興事。無奈得很，沒有什麼好事發生，才會寫出這麼沈悶的信。對不起，已經十一點了。探頭看了一下走廊，除了雨滴的聲音外，其他雜音絲毫也無。我答應珍十點要睡覺。

晚安！我們兩個都加油吧！

莎莉上

P.S. ①連續發生了那麼多麻煩，不過有件事倒是挺感謝的。塞萊斯閣下因為感冒，有好長時間不能來。太好了！送他一束紫色堇花。

F.S. ②最近結膜炎開始流行了。

五月十六日

朱蒂，早安：

已經放晴三天了，約翰．葛利亞孤兒院又會笑了。前些時候那麼多麻煩事，現在已經一件件解決。首先是那些濕床單終於乾了，小木屋好歹也能住了，地板木板也釘補牢了，屋頂重貼防水紙（派西先生將這小屋叫做小雞籠）。為了讓小屋處高台的水可以流到下面馬鈴薯田裡去，現在改用石頭做排水溝，再不怕大雨了。這些小印第安人和他們的大酋長又回到原來的地方過他們的生活。

至於羅莉塔，我和大夫經過種種的考慮後，認為孤兒院這種經常亂烘烘的團體生活，沒辦法穩定孩子的精神；最好是將她寄養在普通家庭裡，接受比較周到的照顧。

大夫和往常一樣有效率，立刻幫她找到一個情況不錯的家庭。那是大夫家附近的一個好人家，我剛從那裡回來。男主人在鐵工廠當鑄造物管理員，女主人讓人感覺很好，笑的時候身體都會晃動。客廳很乾淨、大部分時間大家都在廚房，而廚房更令人舒暢，我自己也想住那兒。女主人在窗台上擺著秋海棠，壁爐旁還躺著一隻漂亮的虎斑貓，睡得喉嚨直打呼。星期天是女主人製作麵包的日子，她會做餅乾、薑汁麵包、甜甜圈等。

所以呀，每個禮拜六早上十一點時，我想我都應該去探望羅莉塔。這只是我個人對於女主人的感覺，不曉得對方是否也有相同的印象。後來大夫告訴我（我先離開的），女主人跟他說，她喜歡我，因為我和她氣味滿相投的。

羅莉塔在那裏每日會跟著她學做家事，還能擁有一個自己的小庭院，天氣好時可以到戶外曬太陽。晚上早早休息，能夠吃到營養又好吃的食物，真幸福呀！而這一切一個星期只要付三塊美金就行了。

好希望可以找到一百個這種家庭來照顧小孩們。為什麼沒有呢？如果找得到的話，那我就可以不當院長，回家過美滿快樂的日子了。

朱蒂，事情漸漸不妙了。在這裡越久，我的心就被孤兒院抓得越緊，別的事情我想也不想、談也不談，連作夢夢到的也都是孤兒院。妳和查比斯把我的未來都搞亂了。

假如我不當院長，大概會做一位主婦，然後養一些孩子吧？在一般家庭中，孩子最多養個五、六人，而且差不多都有著相同的遺傳。這和我現在的情形比起來，無聊多了！唉，我已經完全為妳陷入孤兒院的坑中了

憤憤不平的　莎莉

P.S. 有一位父親因為私仇被殺害了，他的孩子被送進院裡來。這事件在孩子的心靈上應該永遠都無法抹滅吧。

〈星期二〉

懷念的朱蒂：

怎麼辦才好？瑪咪・勃朗特不肯吃李子乾，她對這種便宜又營養的東西，看都不看。在有規矩的孤兒院裏，這樣子的情形是不能放著不管的，一定要讓瑪咪喜歡李子乾才行。這是今天早上，教禮儀與文法的卡拉老師和我一起吃飯時告訴我的。下午一點時，瑪咪被這位老師叫到院長室來。她向我坦白，她就是討厭吃李子，怎麼也沒辦法放到嘴裡去。我強迫她坐到椅子上之後，這小女孩就在那邊等著接受我的處罰。

可是，就像妳所知道的，我最恨香蕉，而且絕對不能忍受別人強迫我吃它。所以說呢，我不會叫瑪咪把李子乾吃下去。

當我正在考慮怎麼讓卡拉小姐不丟臉，而瑪咪又不會討厭時，電話響了。

「在我回來前，妳就待在這裡好了。」和瑪咪說完話後，我就關上門，出去了。

電話是某位夫人打來的，她很親切地用車子把我帶到委員會。哦，還沒告訴妳，目前這地區正興起援助孤兒的活動。附近一些擁有別墅的有錢人現已開始從城裏回這兒渡假，趁著他們還沒迷上網球和園遊會時，先抓住他們的心。這些人到現在為止，還沒為孤兒院出過力。讓他們慢慢打開眼界，理解我的計劃，這是最佳時機。

我回來時已經是喝茶時間了，在走廊碰到馬克廉大夫，他想看一下院長室內的統計表。我們開了門，而瑪咪就坐在椅子上和四個鐘頭前一樣。

「天啊！瑪咪，妳就一直坐在這張椅子上？」我嚇得叫出來。

「嗯，院長是叫我就待在這裡等妳回來。」

好可憐，耐性這麼好，也沒有因為椅子坐不住快滑下來而哭半聲。

還要告訴妳，莎堤也是個心腸好的孩子。她將瑪咪半抱著帶到我書房去，搖搖晃晃，氣喘如

牛。珍把裁縫抬搬進來，又將餐桌放近火爐前，在我和大夫喝茶時讓瑪咪吃飯。

在某些教育家的方法中，這孩子又累又餓是讓她吃李子乾的最好機會。妳也會同意，對吧！我並沒有那樣做。而大夫只有此刻才贊成我這種不符合科學、不切實際的做法。我將自己的草莓，大夫則把薄荷糖從口袋中拿出來。瑪咪吃了一頓生平吃過最好的午餐後，帶著開朗的臉龐回到同伴群中，她那不吃李子乾的習慣，依然沒改。

像里貝特院長那種強迫孩子們服從的理論，真的是這個社會所需要，或者只是這兒的獨特訓練方式呢？我決心要打破此種蠻橫可怕的教育方式。如果說大夫能把包括責任、好奇心、發明才能、自動自發的行動力——綜合起來以注射器注射到孤兒們的血管中，那該有多好！

〈再次提筆〉

要麻煩妳回到紐約時，好好地用用腦筋，我需要妳的好文章發表在報紙上。妳的工作是將這裡七個非得要被收養的孩子「推銷」出去。

這些小天使（是有點過份，不過）又可愛、又穩重大方。無論如何妳要「擠」出最好的廣告詞，讓想收養這些孩子的好家庭「跑」出來。

這些孩子雖然完全不知道什麼叫親情，但是他們都會照顧自己；而且不管過路的是誰，一律展開雙臂，親切歡迎。儘量把這些優點寫進去，要幫他們找新家庭！拜託。

妳可以去和紐約的新聞界攀關係、打交情，讓他們在禮拜天刊載一些有關孩子們的特別報導。如果要附照片那沒問題。這些小安琪兒在照片中表現得笑容可掬，很容易引起都市人心的反響；再加上妳的文章，那就成了。我們可以提供最好的〈甜姐兒〉、〈小天使〉等各式可愛、感人的照片。

莎莉上

〈星期五〉

特別想念的朱蒂：

不得了了！偷偷地告訴妳好消息，廚師和打掃女傭要休長假，而文法老師明年打算不來。但是我最希望的還是，將塞萊斯閣下免職，那有多好。

我必須跟妳說早上所發生的事。我們那位生病的董事閣下這會兒又神氣活現的來了；他又走過來跟我打招呼了，好危險哦！拳頭師父正坐在我書房的高台上玩積木。現在我都讓他坐在高台上，平緩他的神經，進行所謂「蒙特利梭」的教育方法。而且我覺得這方法效果滿好的，拳頭師父目前說話正常多了。

就這樣什麼事也沒有地過了三十分鐘，塞萊斯閣下終於站起來告辭了。當他離開房間關上門時，（真感謝他讓我保持緘默。）拳頭師父抬頭看著我，想了一會才微笑著說：「很討厭吧？」

如果有願意收養可愛五歲男孩的好家庭，請馬上通知我好嗎。

約翰．葛利亞孤兒院　院長　S．瑪格布萊德

班頓夫婦親啓：

再也找不到像你們夫婦那麼慢吞吞的蝸牛了。你們終於到達華盛頓，而我也準備好要跟你們一起在這裡歡度幾天週末。求求你們快點回家吧！我已經無法忍受孤兒院的沈悶。氣氛再不改變，我就要塞息死亡了。

即將窒息的　S．瑪格布萊德

P.S. 我寄了一張明信給戈登先生，通知他你們要到華盛頓的事。他當然會很高興幫你們一些忙。我知道查比斯不喜歡戈登先生，但是這種毫無理由地討厭政治家的脾氣，查比斯應該改掉。因為，說不定哪天我就會成為政治家唷？

朱蒂：

我們從一些朋友和後援者那裡收到了許多禮物，請待我說來。上個星期有位叫威爾頓．J．雷巴瑞得（名片上是這麼寫的）的人，車子在孤兒院門前爆胎。他趁著司機換輪胎的空檔，就順便進來參觀了一下。

那時候佩姿招待他四處瀏覽，而他對所有的東西也顯示了高度的關切。尤其是小木屋，非常吸引他。最後這位先生竟然脫了上衣和我們的兩族印第安人玩起棒球，玩了一個半鐘頭之後，才灌了一大壺水道謝回家。

後來大家都忘了這回事，而今天下午貨運行送來了署名威爾頓．J．雷巴瑞得化學研究所所送的一個大缸！非常非常大的桶子——裝滿了綠色的液體肥皂。

而我們這裡所播的種子都是從華盛頓來的，這我告訴過妳嗎？這是戈登．哈洛克先生和美國政府愛心的贈禮。到現在我才知道這個孤兒院有多荒唐，舉個例子，在所謂農場待過三年的馬屈・朱雷戴維斯，他種萵苣是先挖一個像墳墓般達六十公分大的洞，再將種子埋進去。除此之外，這位農人什麼都不會種！老天！

這邊要做的事情太多了，妳大概無法想像！別人不說，妳應當了解，是受妳之託，我才享有今天。唉！我真的快要累死了。眼前一大堆莫名其妙的事，而且到處都藏著一段小悲劇，尤其是在孩子們的背後。

我現在特別注重孩子們的禮節，我所說的禮節不祗是孤兒院應有的禮貌，還有舞蹈學校的禮儀。我們這裡的小朋友，女孩子握手時會微彎腰，男生在女士面前時會把帽子脫下，吃飯時候會幫女士拉開椅子。（湯米昨天被莎堤推到湯裡面。別緊張，這只是因為莎堤不喜歡男士無聊的服務，她是一位不依賴別人的年青婦女。）剛開始，男孩子一直笑個不停，而等他們看過最有人緣的派西先生正確的禮儀後，連最小的孩子也能發揮紳士風度了。

拳頭師父早上到這兒來，我得趁這三十分鐘空檔寫信給妳。他坐上了窗台，安靜、老實地動起彩色筆繪畫。佩姿走過他身邊時，輕輕地在他鼻尖上親了一下。

「哼！」拳頭師父滿臉通紅，跟一般男孩一樣假裝

沒事地抹一把臉，嘴中唸唸有詞。可是呀！又高高興興地畫起綠色、紅色的風景，還吹著口哨呢。改善孩子暴躁的情形，到目前還算成功吧。

〈星期二〉

今天，大夫大發脾氣。他來院裏的時候，剛好看見孩子們要到餐廳吃飯，於是大夫就順便檢查用餐的情況。糟糕透頂！馬鈴薯恰好烤焦了！這下可好，大夫大發雷霆！其實馬鈴薯烤焦掉，這也是院裡的第一次，而且不管誰家也都會把菜燒焦了，幹嘛那麼大驚小怪。可是大夫只聽莎堤那些搞不清楚的話，就認為好像是我叫廚子故意煮焦的一樣。真氣人！

就像我以前所說的——沒有那個人，我依然可以做得很好。

〈星期三〉

昨天天氣真好，所以我和佩姿就決定拋開工作，開車到佩姿朋友家去玩。那裏有義大利式花園，和好喝的茶。由於莎堤和拳頭師父答應要聽話，因此我們就先打電話問那家人，能不能讓我們多帶兩個小朋友。

「嗯，好呀，把小朋友也帶來嘛！」對方很熱切的回答。

可是事實證明，帶這兩個惡魔去是失敗的。也許我帶可以坐著不動的瑪咪還好一點。這次拜訪的細節我就省略不說，丟臉透了。尤其是拳頭師父一看到金魚，二話不說，噗通一聲跳入池中，捉金魚去了，真讓我想鑽進地洞。後來還是主人機警地抓住他的兩條腿，把他拖上來。回院裡時，拳頭師

牆壁上掛了兩幅黑框的銅版畫作裝飾——〈山谷之王〉和〈被追趕的雄鹿〉。

雖然我們拚命地製造活潑、明朗的氣氛，但還是覺得好像在墓穴裡吃飯一樣。馬克廉在他黑色的駝羊呢衣服上圍了一條黑絲圍兜，忙著在餐桌旁走來走去，弄那些涼掉的菜餚。他走路很用力，連櫃子裏擺的銀器都跟著晃；而且又板著臉，嘴角往下撇，很不情願的樣子。真的是存心讓客人不敢再來。

對於自個兒家中給人感覺不好，大夫大概也隱約知道。為增加室內的亮度，他還擺了花——很多的花——非常漂亮的玫瑰、百合，紅、黃都有。可惜的是，他把它們全部湊在一塊，一大束的，插在一隻閃著藍綠色的大花瓶中，擱在桌子中央，簡直是個龐然大物。我和佩姿一看到，馬上就笑了出來；又想到大夫買花也是為了我們這些客人，所以兩人儘量壓抑自己，還一股勁兒地恭維大夫高水準的色彩感。

吃完晚餐，大夥霍然輕鬆，轉到大夫書房去。這裡大夫可就無法掩蓋了。幫大夫打掃書房、辦公室、實驗室的人，名字叫魯艾利，身材短小精練，是威爾斯人，我看他天生就具備了司機、助手的資格。

書房嘛，比別個房間也好不到那裡去。不過也可說，一般男人的房間就是這樣——其中一面牆從地板到天花板都排滿了書，排不下去的就堆在床上、桌子、壁爐上。有六只厚皮沙發。這裡又有一個黑色大理石壁爐，柴火正嗶嗶剝剝地燒著。天啊！還有一隻塘鵝標本；口中咬住一隻青蛙，棲在樹上的乾浣熊；銀光閃閃的大魚。這些全掛在牆上，碘酒的味道飄揚在空中。

大夫請我們喝咖啡，用的可是法式器具。不過大家都得自己倒咖啡，真想叫他把管家辭退算了。在這裡我必須說的，大夫可是卯足了勁，扮演他主人的角色；而且那天晚上，他一次也沒提有關〈生病〉的事。他好像有空就去釣魚。他和派西開始談起鮭魚、鱒魚，到後來連放釣鉤的箱子都拿出來了。他很親切地把各式的鉤拿給我和佩姿看，並且還談到了他在蘇格蘭荒野釣魚、狩獵，迷了路在荒野過夜的經驗。那時候他的心像已飛到那高原去了。

佩姿和我好像還有一點未完的任務。雖然我們一向認定大夫是因犯罪被逐來此。（這想法比較富傳奇性。）可是他實在不是那種人，所以我們現在又傾向於他是個失戀者。

把大夫想像得這麼悽慘，並不是我們的本意，可是他老是讓人感到他寂寞孤單。看他每天努力地看病，回家後就一個人獨自坐在飯廳裏吃飯，妳也會有同感吧！

我很想把院裏面那些畫家帶到大夫家來，幫他在牆壁上畫兔子和其他動物，讓大夫也增加一點開朗的氣息？

莎莉上

朱蒂：

妳不打算回紐約了嗎？拜託妳快點回來吧！

我需要新帽子，可不是這裡賣的那種，我想要去第五街買。這邊最好的帽子店老闆葛拉美夫人，她從來不管巴黎正在流行什麼，她只製造自己感覺的。雖說她三年前也曾為了趕上時代，而到紐約帽店實習過，但是她這一流行就是三年，到現在還在流行。

除了我自己買的之外，也必須為孩子們買帽子一百三十頂。其他鞋子、T恤、襯衫、襪子等，到目前為止都還缺乏。換句話說，想要把我這些孩子的外表弄得像樣一點，還早呢！

上個星期從我這兒寄出的長信，妳看了沒有！光是郵票就花了十二分半。有十七頁，寫了好幾天才完。

莎莉．瑪格布萊德上

P.S. 為什麼戈登的事，你們都不讓我知道！你們有沒有見到他？他沒有談到我的事嗎？像蝴蝶在花叢中到處追逐著，是不是在華盛頓眾多的美女之中？妳應該知道我想問什麼吧。不可這樣子知而不答，對不起老朋友呀？

〈星期二下午四時二十七分〉

朱蒂：

兩分鐘前，我接到電話，通知我去拿妳打來的電報。太好了，知道了妳將於星期四下午五點四十九分到達。拜託妳那天晚上不要有別的應酬，我要和妳，還有會長先生聊整夜的孤兒院。

星期五、星期六、星期一，我們要完全用來逛街買東西。對！就如同妳說的，雖然說我已經是一個關在塔裡的女人，不需要太多的衣服，可是，春天到了，我總要換些春裝嘛。即使我當了孤兒院院長，我還是每晚穿著晚宴服，總得把它穿舊——開玩笑的，沒那麼差勁。再怎麼說，我到底是一個平凡的女孩，不能太虧待自己。

塞萊斯閣下又來了，昨天被他看到我穿那件薄綠棉衣服，（珍做的，巴黎款式。）立刻就問我是不是要去跳舞，害我臉都紅了。而且還叫我和他一起吃飯，分明是故意的，他慢條斯理的吃，好像活著只是為了吃。

現在紐約在公演的那些戲劇，我們星期六下午可以挪出時間來看。劇中簡潔的對話，和塞萊斯閣下的長篇大論一比較之下，一定可以使我恢復元氣。

以上所寫的內容，實在很沒意義。我只是等待我們見面時刻的來臨，到時候再好好聊吧。

再見！

莎莉上

P.S.

我終於了解了馬克廉大夫的體貼之處；可是這個人一旦發起脾氣來，又很叫人討厭。院裡面最近很不幸地有五位院童患了麻疹，而大夫那副樣子，就像我和史密斯小姐兩人串謀好故意讓孩子生病似的，講都講不清。

我常在想，如果那位大夫能拿出辭呈來，那該有多好。

〈星期三〉

強敵先生：

昨天您那封短而威嚴的信，我已拜讀了。

您寫的文章正如同您說的話，一點也不討人喜歡。

如果我能停止叫您「強敵先生」，那您會非常高興？這很簡單，只要您也能改掉您那動不動就生氣、愛發脾氣亂罵人的毛病，我就可以馬上改口不叫您「強敵先生」。

對了，明天我將從這裡出發，到紐約去四天。

S．瑪格布萊德上
（於紐約班頓家）

強敵先生：

您接到此信時，想必氣已經消了好多。

新麻疹患者的增加，不全是院長的不注意，而是因為傳染病患者未能有效地隔離；在這裡我再清楚地重複一遍，那是由於那幢破舊建物的不幸的建造者所致。

還有，寫這封信最主要的，是要請您注意一下瑪咪．勃朗特。那孩子身體也出現了紅色小疙瘩，可能是麻疹（希望不是）。

我預定下個星期一傍晚六點，回歸監獄生活。

S．瑪格布萊德

P.S. 我對您說話這麼不禮貌，是因為您並不是我所尊敬的醫師典型。我喜歡的是有點胖、笑瞇瞇的那種醫生。

六月九日　約翰、葛利亞孤兒院

朱蒂：

你們一定會有一位聰明伶俐的女兒。看到班頓夫婦的感情那麼好、那麼幸福，妳想我回到孤兒院後能心平氣和、滿足的過日子嗎？

在回家的火車上，妳費心準備的巧克力、兩本小說、四本雜誌，我一項也沒碰。我一直在想，我所認識的年輕男性中，有沒有一位比查比斯好的。嗯，終於想到了一位（還是比查比斯差點）。從今開始，這位男士就是我所鎖定的「目標」，我會讓他逃也逃不掉，他將會成為我的「獵物」。

受到你們這麼盛情的款待，我真捨不得走，可是要拋開孤兒院又挺可惜。除了將孤兒院搬到華盛頓之外，我是別無他法了。

火車慢下來了，我們這列車在待避線停靠著，等待會車。有兩列普通列車和一列貨車經過窗邊。咦，我們這列車的車頭壞了，必須修理。怎麼辦，車掌光顧著點頭微笑，什麼事也沒交代。

我到站下車時，已經晚上七點半了。獨自一人站在漆黑昏暗又下著雨的淒冷車站上，沒有其他乘客在這裡下車。忘了帶傘，還好戴著一頂救命的帽子。接我的湯費爾特沒看到人，也叫不到計程車。完了！電報上竟忘了通知到車站的時間，我覺得我被拋棄了。我好想有一百十三個小朋友在月台上列隊幫我戴花園，唱歡迎歌迎接我。沒辦法，只好去麻煩站務員，看他們能不能用電話幫我叫車。突然有車燈從轉角處照了過來，猛然地在我身邊停了車。我聽到了馬克廉大夫的聲音耶——

「啊呀！莎莉．瑪格布萊德小姐！我還正在想，妳要把孩子寄在我那裡多久。」

由於不知道火車到達的時間，所以呀，這個人為了迎接我，已經跑了三趟。大夫將我的新帽子、皮箱、書和巧克力通通用雨衣包起來塞到車內，在雨中發動車子。

這個時候，我覺得自己好像真的必須要離開這兒，回家去。心裏變得好悲哀，感覺上我已經辭職，帶著行李要和這塊土地分開。除了想到不能在某個崗位上守一輩子之外，結婚不能有試驗，只能孤注一擲，都令我情緒激動。我認為人應該專心立志，努力地創造自我，在社會中的某個位置上永久站立，貢獻自己。

僅僅只有四天，卻什麼事都發生了。為了回答我，大夫說個不停。其中，莎提住了兩天病房。根據大夫的診斷，原因是她一下子吃了半瓶果醬，和數量不知多少的甜甜圈。我不在時，莎堤被派到職員廚房洗碗，看到那麼多稀奇好吃的東西，她是經不起誘惑的。

並且，同是黑人的廚師莎莉和很勤快的諾亞兩人大吵了一頓。起因只不過是芝麻般的小問題，莎莉準確無比地把一碗湯往窗外潑，正好命中諾亞，於是糾紛大了。到此為止，妳應可明白當一位孤兒院院長，必須擁有世所罕見的人品，她務必是位兼備保姆和治安法官雙重資格的人。

大夫的話還沒說到一半，我們就到了。為了跑三趟車站，大夫肚子還空著，當然我就留他在院裏吃晚餐了。另外，我也請了佩姿、派西先生，順便開個執行委員會，討論一下我不在時託付的工作。

大夫立刻讓我感受到他的愉快心情，因為他不用在墓穴般的地方吃飯。可是佩姿的爺爺要來，而派西要到村裏去玩橋牌。他很難得晚上外出，所以我只能要他好好玩。

結果呀！就成了大夫和我兩人單獨相對吃速成晚餐的畫面——平常是六點半吃晚餐的，這時已八點了。晚飯雖是速成，味道可真不賴，可見莎莉的功夫，她把南部好吃的菜餚都搬上來了。吃過飯後，我們在我那間氣氛很好、藍色的書房中，坐在火邊喝咖啡。外面風呼呼地吹，百葉窗霹啪響著……

兩個人都度過了一個溫馨、親切的晚上。我終於明白我們認識以來，我從沒發現的他的內涵。只要妳能深入了解他，妳就會被他所吸引。問題是要了解這個人，還必須費點時間和碰上機會。他不是容易被懂的人。像這種無法一下子抓住的人，在他沈默眼神的背後，似乎還隱藏著無窮盡的熱火。他真的不是罪犯嗎？「大夫」——這位通常都會令人感到十分溫暖的人。

可是坦白說，我們這位大夫的口才並不是不好喲！只要妳一跟他談起蘇格蘭文學等，哈！他就開始海闊天空，盡情發揮了。

一陣強風夾雜著雨水打得玻璃啪的一聲。大夫突然告訴我：「不管風怎樣吹襲山谷，爐邊的老妻依然安穩。」這話是不是剛好很貼切？但這到底代表什麼意思，我可猜不著。還有更重要的，他喝了好多杯咖啡（和別的醫生比起來是喝得太多了），然後一邊跟我說他們家族和R·L·史蒂文生家族來往密切，他常到哈利歐特·羅歐的家中吃飯等一些他從來不提的事！那天晚上，聽了這些話之後，我一直覺得輕飄飄地，我想我開始喜歡他了。

妳遇到了穿便服的雪萊了，

他停下來和妳說話。

寫這封信的目的是想告訴妳，最近意外地發現有關羅賓·馬克廉的魅力而已，可沒其他意思。一想到昨天晚上那麼親切、和藹的人，卻常被我在信上百般嘲笑，今天一整天，心裡怎麼也過意不去。真的對他好抱歉，我不是故意，也不是當真。一個月跟他一次溫柔、體貼的談話，在我眼裡，他就變成好人了。

拳頭師父剛來一下子，可是就是這麼一剎那，就把三隻三公分左右的青蛙放掉了。一隻在莎堤的書包下找到了，另外兩隻則不知跳到那裡去了。我好擔心牠們會跑到我的床底下！老鼠、蛇、青蛙、蚯蚓這些東西，要是不那麼輕易地被拿來拿去該有多好，我都快被嚇死了！妳永遠不會曉得這些擁有天使般臉龐的孩子們，他們口袋裏會蹦出什麼。

真棒！你們到培靈頓山莊去訪問。可別忘了回程要到這裡來的約定。

莎莉上

P.S. 我把淡藍色的臥房拖鞋忘在妳家床下，能不能請梅琳把它寄回來？要梅琳寫地址時稍微注意下和上回行李標籤不一樣。

〈星期日〉

強敵先生：

我已經照您所吩咐的，請紐約的職業介紹所幫忙找一位能吃苦耐勞的保姆。

〈徵求一次能抱十七個嬰兒，具有大膝蓋的保姆一名。〉

保姆將於今天午後到達，這是我畫的保姆像！

那些還包著尿布的孩子，怎麼也不會從她膝蓋上掉下來了哦！

莎提已經把雜誌給我。今晚我會火速地讀它，明天還給您。

您真的想學像我一樣穩重沈著、說話客氣嗎？

S．瑪格布萊德上

〈星期四〉

朱蒂：

為了把我們在紐約所商量的改革案全部實施，我這三天可真卯足了勁工作。妳的話就跟法律一般。大家也都把要用的點心盒子做好。

還有，玩具箱八十個也訂購了。能夠讓孩子們各自擁有自己的箱子，並且好好保管它，真是個很不錯的點子。即使不是很貴重，但從小能珍惜自己的財產，長大後應該可以成為一位有責任感的市民。這種事我覺得很有意義，但為什麼以前從來沒有想到過。朱蒂，妳體驗過小孩子心中那種對物質的憧憬，妳知道他們要什麼，這點我就無法做到了。

在這裡，我儘量減少一些討厭的規定。可是關於玩具箱卻有一項我堅持要孩子們遵守的，那就是，老鼠、青蛙、蚯蚓等絕對不准放進去。

對於佩姿的薪水終於有了著落，而且她可以永遠留在這裡工作一事，我真的高興得沒辦法形容。可是，塞萊斯閣下卻大力反對，他說了一大堆理由，什麼即使沒有薪水，佩姿家也會供養佩姿等等。

「那如果人家訴諸法律的話，能夠不給嗎？」我說：「沒有那種受了教育，就需要義務工作的規定吧。」

「可是這裡是慈善事業耶！」他說。

「為自己工作要生活費，為社會事業出力就不需要嗎？」我有點不服氣了。

「胡說什麼！她是女人，她家的人有義務養她。」

就這樣我和塞萊斯閣下爭個不休，算了！不提了，換個話題。妳認為門前那片斜坡是弄成草坪還是種牧草好呢？這個塞萊斯閣下說話，只喜歡別人順從他，不管他說的有多無聊，你只要儘量迎合他就成了。我就照著那位從不出錯的大夫要我注意的話做：「董事就像小提琴的弦一樣，不能讓它繃得太緊；要好好地哄他，就不會反對我們的企劃。」來到孤兒院之後，我學到了好多要領！再持續下去，我一定會成為偉大的政治家夫人。

〈星期四的晚上〉

告訴妳一件好玩的事，我要把拳頭師父暫時寄養在兩位溫和的老小姐家裡。

我還不知道她們是不是有意收養小孩，只曉得她們想要試試看有小孩的滋味到底如何？所以希望照顧孩子一個月。

她們告訴我一定會把孩子調教成穿著白上衣、帶著五月花號（編按：一六二〇年英國移民赴美國，即搭乘「五月花號」的船。）傳統的模範兒童。但我並不稀罕這種孩子，我要拳頭師父成為一位真正是義大利風琴手和愛爾蘭洗衣婦所生的孩子，擁有自我。就藝術才能來講，這個孩子所具備的拿波里人血統，或許能因環境而使他變成最好的調色者。

我試著儘量把寄養的工作說得輕鬆一點，而這兩位老小姐卻越發地積極。她們要在拳頭師父寄養的一個月內把她們畢生累積的功力全灌注在改造孩子身上，讓他成為好家庭的養子。真幽默，連教孩子都要兩人合作，我看她們要是單獨一人，大概就無法做事了。其實，我認為要使拳頭師父改變，只有一項措施是絕對必要的，那就是孩子出生到現在還未嘗過的親情的照顧與愛！

這兩位女士住在一個擁有一座義大利式庭園的老式房子內，裡面的傢具大概都是從世界各地精選的。要把這個無所不破壞的精靈放在寶藏室中，我真無法想像。不過，這孩子如果能一個月以上不弄翻任何東西，我只有相信那是孩子血液中義大利人的血統對美的反應。

我也請她們不要被拳頭師父可愛的小嘴中所吐出的不雅文句驚嚇到。

今天晚上，看著他坐著車子離去，我心裡突然揪了一下，到底我有一半的精力是花在這孩子的身上啊！

〈星期五〉

墜子早上收到了，真的太感謝妳了。不過，不送回來倒也罷了，像這種冒失鬼客人，只會不停地給主人添麻煩，真叫人受不了。對我而言，把墜子別在項鍊上太可惜了，最好像錫蘭人一樣，在鼻子上穿個孔，把寶石戴上，大家都看得到。

想要跟妳報告，派西又有新點子了；而我也覺得確實可行。他要創立約翰・葛利亞銀行，當然我這個數字蠢才也非得變成專家，幫著決定銀行內的事務性工作。院內較大的孩子全部發給一本很正式的支票簿，當他們幫忙做完院內的工作後，在每週五就可領取五元美金。然後他們再用支票支付自己的伙食費、被服費給辦公室。

這猛然一聽，似乎是多此一舉的循環，但實際上卻是一種好教育。從這裡，孩子們在未出社會前就可了解金錢的價值和用法。而且，用功和工作努力的孩子也能獲得更多的獎賞。我是一看到帳簿就頭痛的人，而對派西而言，那些東西對他根本不當是一回事。我們讓數學較好的孩子協助記帳工作，也算是幹部訓練的一種。以後妳要是聽到查比斯銀行有缺人的話，麻煩妳通報一聲。明年的這個時候，經過良好訓練的總經理、會計、出納都會在此誕生。

〈星期五〉

聽說大夫非常討厭「強敵」這個稱呼，我不知道他是在感情上或其他方面因此而受傷。大概因為我對大夫的抗議毫不在乎，所以他也回送給我綽號──「麻薯」。他自己覺得很得意，簡直樂透了。

不過，像這種吵來吵去的情形，妳別擔心，大夫這麼嚴肅的人，玩笑開到這裡，已算是極點了。我回來之後，他情緒一直很好，還沒說過半句重話。看來，不止是拳頭師父，連這位醫生也受到感化了。

寫這麼長的信，會不會嚇妳一跳。

這是我這三天坐在書桌旁斷斷續續完成的。

莎莉上

P.S. 妳大力推薦的頭髮營養劑，好像沒什麼大不了的。還是藥房配錯了，或珍把用法搞混了。用後，早上起床時頭髮都黏在一塊了。

〈星期六　約翰．葛利亞孤兒院〉

戈登先生：

禮拜四的來信收到了。我覺得太不夠意思了。當然我不會就這樣輕易了事，我還要跟你發一頓脾氣。說真格的，接到前封信後的三個星期內，我完全沒辦法平靜，還要說什麼原諒。

所以啦！今天我非得把事情說個明白不可。你上個星期既然人都到了紐約，怎麼連想都沒想到到我這裡來。想必閣下你一點都不在意我們這種鄉下地方——我好憤慨！

你願不願知道我每天都是怎麼過的呢？寫每個月都必須向董事會提出的報告、檢查會計報表、中午招待州立慈善援護會的官員、審核十天份菜單，和寄五封信給收養孩子的家庭。接下來，回到辦公室喝茶，順便和醫生商量，將患結核病的孩子送到療養所的事項，研讀有關安置孤兒的分散方法及集團方法的論文。（分散式所用的小屋在此是必要品，如果能夠得到幾間做為聖誕禮物的話，本人十分感激！）再加上現在已經九點了，我一面撐開眼皮，一面開始跟你寫信。你想想看，能夠每天過這種偉大日子的女人，在社交界中有幾個？

啊，對了，我差點忘了，今天早上趁著檢查會計報表時，還偷了十分鐘雇用新廚師。莎莉雖然可以煮出美味絕倫的菜餚，可是她發了一場雷霆脾氣，把可憐、我們彌足珍貴的諾亞嚇得顫抖不已，不想幹了。而諾亞是這裡不可或缺，比院長還有用的人，所以，我只能請莎莉走路了。

當我問新廚子名字時，她回答我：「我的名字是蘇珊·艾斯特魯，不過朋友都叫我派頓。」晚飯就由這位派頓來做，可是怎麼嚐還是比不上莎莉。好可惜莎莉在時你不能來，只是想讓你知道一下，我對家事也是挺內行的。

我向睡神投降了，現在寫的已是兩天之後的事。

真的好抱歉！我現在突然想到了，我還沒跟你道謝，兩個星期以前你所送來的勞作用黏土。那是一份很貼切的禮物，應該用電報專程說謝謝才對。打開箱子一見到那些黏土，我就情不自禁地捏玩起來。孩子們也好高興。這對院裡的工藝發展太有幫助了。

仔細地翻翻美國歷史你可以發現，要成為未來的總統，最重要的就是讓孩子從小義務地多做一些事。

因此，為多製造一些工作機會，我讓孩子們每隔一星期輪流做一些不甚熟練的工作，養成他們辦事的能力。當他們摸著某件事的竅門後，立刻再換下一個工作。如果我要像前任院長里貝特太太那樣，只讓孩子們一直做熟習的事，那確實會較輕鬆。有時也會想偷懶一下，但是又記起了那句諺語，黃銅把手也要經過七年的搓磨——要嚴格地讓孩子不停地做一件工作。一想到里貝特院長，肚子就有氣。那個人的思想完全是一派官僚作風，至於奉獻社會的精神，簡直是無藥可救的缺乏。而對於約翰．葛利亞孤兒院，她所關心的似乎只有一件事，就是從它那兒獲取生活費。

〈星期三〉

你認為我要讓這裡的孩子上一些什麼課呢？進餐的禮儀！

教孩子用餐的方法竟然是這麼麻煩。這裡的孩子最常看到的是，把嘴巴湊到杯子上，就跟小貓一樣，牛奶用舔的。所謂禮節，是高尚的表徵，（里貝特院長時期好像也是如此認為——）不光只是那樣，它也是一種修養，一種體貼他人的行為。所以，這裡的小朋友每個都務必養成良好的禮儀習慣。

由於里貝特院長嚴禁吃飯時說話，所以孩子們在飯桌上說話，只敢畏縮地發出細微如蚊般的聲音。要讓他們再大聲點，都得費一番功夫。為了提高餐桌上輕鬆愉快的氣氛，引出孩子們說話的習慣，包括我在內的所有職員都和他們共坐一堂用餐。此外，院裏也訂製了一個可供訓練小孩說話的餐桌，在這張桌子上孩子們可以進行一週的密集訓練。訓練對話的方法則有如下列：

「嗯！湯姆、拿破崙的確是一位偉大的人——手肘不可以放在桌上唷！他是一位能夠將自己全部的精神放在目標上的人——蘇珊，不可以用搶的。要拿麵包時，應該客氣地說，這樣凱莉就會遞給妳——可是拿破崙只想到自己，從不考慮他人，結果就造成了很大很不幸的戰爭——湯姆！吃東西時嘴巴不要出聲——所以滑鐵盧一戰之後——莎提，不要用手去碰點心——這個人就一敗塗地了——莎提，到對面去；不管他要做什麼，女孩子是絕不可以敲打紳士的。」

又過了兩天了。這封信已經變得和寫給朱蒂的信一樣不著邊際。但至少這個禮拜我並沒有忘記你，你可不能再埋怨了。我也明瞭這麼絮絮叨叨，講孤兒院講個不停，你也很煩。可是沒辦法，我每日連撥五分鐘看新聞的空閒都沒有。外面那個大世界完全從我的眼前消失了，現在我所關心的，全部集中在這個小小的鐵柵欄內。

約翰·葛利亞孤兒院　院長　S·瑪格布萊德

〈星期四〉

強敵先生：

「時光只不過像我悠游之中的小河流。」這句話多麼富有哲理，有沒有提醒你一些什麼？我目前正專研梭羅的作品，這句話也是從他的書中所獲得的靈感。對了，為了反抗你所推薦的文學，我又開始回到閱讀我自己喜歡的作品。這兩天的晚上，我把時間都奉獻給梭羅。他的書和孤兒可絲毫無關。

你可唸過梭羅的著作嗎？你一定要看。這位作家在描寫醫生時，可是非常深入的。下面的句子你瞧瞧，「交際對我已經是一種額外的活動。它必須時時參與，所以大家也就沒時間去追求新事物。像我現在只需管這一點六平方公里大的地方，多輕鬆！」這個主角一定是個又快樂、又易滿足的人！我一讀到這段，禁不住就聯想到你。

寫這封信，是為了要讓你知道有個女士來這裡想要領養孩子。她可以扶養四位小養子，而其中包含了湯馬斯·裘恩。大夫，你認為如何？接受這建議嗎？這位女士是住在康乃迪克州禁酒地區的農場。與其在這裡為生活費而拼命工作，倒不如到那裡和家人一起奮鬥。我覺得這是再好不過了，這孩子不可能永遠待在院裡。無論如何，有一天他總是要到這滿溢威士忌的社會上。

最近忙著讀書，跟大夫都疏遠了。真不好意思，又要讓你為這件事整夜睡不著覺了。

S·瑪格布萊德

六月十七日

朱蒂：

佩姿招待來領養孩子的夫婦，手段真的好厲害！事情是這樣的，有一對夫婦為了觀光和找個養女這兩個目的，從俄亥俄州坐著車子到東部來。他們的名字我一下子忘了，反正，總是大城市裏的一流人士。先生在那城市內的電力和瓦斯兩種事業方面，是非常有力的人物，只要揮揮手就可以讓整個城暗掉。難得的是他態度親切，可不是為了市長改選。他們的房子是那種有兩座高塔，石板瓦屋頂的建物，庭園內有噴水，還有一頭鹿，而且被一大片樹林包圍著（他們口袋裏有照片）。這對夫婦人不錯，又大方、又溫和、笑瞇瞇地微微發福的人士，可想而知，他們是我們這裡夢昧以求的養父母。

所以啦，他們想這兒大概有符合理想的女孩，馬上就要求看孩子。不得已，也來不及幫孩子擦把臉，就讓她裹著綿絨睡衣，帶著髒兮兮的臉見人。兩個人見過這個叫卡洛·南依的孩子後，也不很在意。不過在客氣地道謝後，說一定會考慮這孩子看看。在他們還沒決定養女人選前，她希望到紐約的孤兒院參觀。這下子我和佩姿馬上就覺悟到，如果真讓他們去了那間人多又宏偉的孤兒院，那我們卡洛·南依哪還有機會。

在這千鈞一髮的時候，佩姿馬上站起來，邀請他們下午喝茶，並到自己的親戚家一遊（那邊她有一位小姪女），順便再看一位院童。而這對夫婦或許在東部並沒有認識的朋友，對於這種簡單的社交消遣，也很高興地答應了。

趁著夫婦兩人回飯店吃飯，佩姿急急忙忙用自己的車把卡洛·南依送回自己家中，並且將姪女夏天穿的粉紅有白色刺繡的衣服讓卡洛穿著，又讓卡洛戴上愛爾蘭式蕾絲帽子，穿上粉紅色短襪，打扮得漂漂亮亮，帶她到山毛櫸下綠色草坪上坐著。另外再把麵包、牛乳、華麗的玩具堆了一堆，還加個身穿白色圍裙的保姆（這也是跟姪女借的）。等到未來的養父母一到，卡洛已經肚子飽飽、精力充沛，一邊高興地叫著，一邊迎接貴賓。

就這麼瞬間的印象，這對夫婦就忍不住要收養卡洛了。他們做夢也沒想到這個可愛、像玫瑰花蕾般的孩子竟和早上那個小孩是同一人。經過幾道快速、簡便的例行手續之後，我們這位寶貝卡洛，終於變成能在象牙塔中生活的一流市民了。

不囉嗦了，現在我們必須開始著手關於女孩的衣服問題。

謹奉懿旨的　莎莉上

〈服裝研究〉

六月十九日

懷念的朱蒂：

現在進行前所未有的改革，妳聽了一定也非常興奮吧——廢止藍方格子服裝！

我一向認為在附近的貴族當中，一定能找到對孤兒院有幫助之人，所以一有空就跑去參加村內的社交活動。

昨天在一個午餐會上，碰到了這樣一位感覺很好、身材苗條、美麗又溫柔的寡婦。她坐在我旁邊悄悄地告訴我，如果她是出身微寒的話，她希望自己能當裁縫。因為每次她看到漂亮姑娘卻穿得一身糟，就很想馬上幫她換下來。

多好的話？剎那間，我的目標就「瞄準」了此人。

「說到服裝，我有五十九個衣服穿得很糟的女孩可以讓你照顧。妳務必和我一起設計新衣服，讓孩子們漂亮起來。」我回答說。

對方一直跟我說不行，而本人（不怕妳知道）拉著人家到停車處，把她塞進汽車，向司機說了一聲「約翰．葛利亞孤兒院」，就衝回院裡來了。

頭一個看見的就是莎堤，抓著糖蜜罐子飛奔而來。那個姿勢大概會令稍具美感的人士都嚇一跳，活像被蜜蜂叮著了，而且身上黏嗒嗒的，一隻襪子褪下一半，圍兜歪一邊，髮帶不知流落何方。可是莎堤還是照常自在得很，笑嘻嘻地歡迎我們，用那隻黏糊糊的手伸向婦人。

「妳看吧，我們實在很需要妳。」我很得意的說：「要怎樣才能讓這個莎堤變得漂亮呢？」

「首先，先把她洗一洗。」里巴蒙夫人回答。

我把莎堤帶到浴室狠狠地刷，頭髮紮緊，襪子穿好，再次站到夫人的面前——這時候可是沒有缺點的孤兒院院童了。里巴蒙夫人把莎堤前前後後看個詳細。

原來莎堤還是個具有野性、吉普賽風味的美人胚子，可惜這些美全讓孤兒院死氣沈沈的制服給抹滅了！

端詳了五分鐘後，夫人才抬起頭來看著我說：「嗯！的確是需要我的幫忙。」

接著兩人就開始設計了。夫人成了服裝委員會的委員長，另外還拜託三位朋友支援。這幾位女士選了院裏裁縫較行的院童二十四位，和裁縫老師、五台縫車，立刻就動工起來，要將整個孤兒形象改變。她們是真正的慈善家，里巴蒙夫人使這裡蒙受一種連神都忽略的恩惠。有此類超凡的見解，妳不覺得我越發了不起了嗎?早上一醒來，高興得忍不住大喊了幾聲！

還有好多事想要讓妳知道——要繼續寫下去——可是這信要託派西拿到鎮上寄可就來不及了。他穿著一件領子很高的黑色夜宴服，要參加舞會。我叮嚀他跳舞時稍注意一下，選幾個溫柔的小姐帶來這裡，和我們的小朋友聊天。

糟了，我越來越入魔了，不管和誰說話，腦子裏想的就是——「這個人在孤兒院裡要怎麼利用才好呢？」

我真的好擔心我這個院長太投入，以致將來會說出「要辭掉這兒的工作，寧死也不幹！」之類的言語。我的腦海中現在就常浮出——自己變成白髮老婦，雖然坐著輪椅，還元氣十足地照顧第四代孤兒的影像。

如果真的如此，那就太可怕了！

妳趕快炒院長魷魚吧，拜託！

莎莉上

〈星期五〉

朱蒂：

昨天早上也沒什麼預告，一輛計程車「軋！」一聲地停在玄關前面。忽然間，大門樓梯上就冒出了兩位男士、小女孩一人、男童兩人、木馬一匹、玩具熊一隻，大搬家了嗎？

兩位男士都是畫家，孩子們則是三個星期前另一位去世畫家的遺孤。因為聽說「約翰・葛利亞和別的孤兒院不同、管理周全又高尚，所以才把孩子帶到這兒來。」這兩個人大概沒有處理事務的經驗，他們都沒想到把孩子送到孤兒院，必須經過一些手續才行。

一聽到我說孤兒院已客滿，兩人就像洩了氣的皮球，一副不知所措的德性。在他們訴說這孩子們的來歷時，我讓人先把孩子帶到育兒室吃點麵包和牛奶。不知道是因為這兩位畫家一流的文學才能，還是著迷於那位女童天真無邪的笑聲，在我話都還沒聽清楚以前，孩子們就已變成這裡的院童了。

我從沒看過像阿蕾葛拉這麼充滿朝氣的孩子，（這麼棒的名字、這麼棒的孩子全都是很稀奇的。）這位女童才三歲說著兒語，一直笑個不停，那些不幸的遭遇似乎絲毫無法影響到她。隆恩和克力弗特是五歲和七歲的男孩，這兩位男孩眼神中透露了一股害怕這世上苦難的氣息。

她們的媽媽和一位當幼稚園老師的畫家結婚，而畫家那時所擁有的，除了愛情之外，就是一些畫具了。在他們朋友的話中，他是相當有才華的人，可是為了支付奶粉錢，他把這些全丟開了。夫婦就住在一間現在已快要倒塌的舊畫室中，過著貧困的日子。他們在屏風後面作飯，孩子就睡在架子上。

即使這樣，他們也有快樂的一面——豐富的愛圍護住他們，還有好多同樣貧窮卻充滿熱情、有高度理想和藝術家氣質的朋友。兩位男士就在這種親切高尚的氣氛下訴說著故事，他們所具備的風度就是無論我怎麼教，這裡的其他院童花一輩子也無法養成的氣質。

阿蕾葛拉生下不久之後，母親就在醫院裏去世了；父親在喪妻的刺激下拼死命的工作、照顧三個孩子、繪畫，就這樣過了兩年。

在三個禮拜前，這位父親終於因為疲累、憂心和肺病，逝世於聖班斯特醫院。朋友們圍繞著三個孩子，將畫室內的東西典賣，再為他們找一間最好的孤兒院。真謝謝他們，指定了我們這家孤兒院。

我挽留這兩位畫家吃午飯——這兩個頭戴軟帽，繫溫莎式領結的人，給人的感覺很好，自身也一樣消瘦憔悴——我答應他們會儘量照顧孩子，把他們當親人看待後，他們就回紐約去了。

就這樣，我們院裡又來了新客人。育兒室小小孩一個，幼稚園部兩位，還有地下室中塞滿畫作的大箱子四只，和倉庫裏放雙親信件文件的皮箱。並且，孩子們臉上的某種神態，也是父母的遺產吧。

這三個孩子的事一直停留在我腦中。我在想，應該為他們將來做些什麼事呢！如果他們像拳頭師父，那我就輕鬆了。兩位男孩如果能得到班頓先生的援助，那麼大學畢業，找份好差事應該沒問題。可是阿蕾葛拉就較傷腦筋了，我根本無法預測能幫她什麼。普通一般最好的方法，就是幫她找一對好養父母。可是要讓這對兄弟離開親愛的妹妹，那是比什麼都還殘酷的事，他們在妹妹身上已灌注了所有的愛。妹妹出生後就由他們在照顧，也只有看著妹妹笑時，他們才會發出笑聲。可憐他們已經懂得父親去世的悲傷。昨晚，五歲的隆恩在床邊哭個不停，因為他再也不能跟父親親吻、道晚安。

但是阿蕾葛拉就像她的名字那樣（希臘語快樂的意思），完全不知人間疾苦，臉上充滿了幸福，她是三人中的女王。父親給了她最好的遺傳，這麼小的她，也很快就會忘記父親的不存在。

這三個孩子最教我擔心的是，不能把他們分開。可是孤兒院再怎麼好，還是無法代替家庭所給予的親情和完整的照顧。

本來有很多好玩有趣的事要向妳報告，可是為了這次新院童的事，也沒心情說了。
跟孩子在一起是件快樂的事，可是也是件令人覺得責任重大的工作。

莎莉上

F.S. ①妳有沒有忘了下個星期的事。

F.S. ②一向理性、不見一絲感情的馬克廉大夫，竟也對阿蕾葛拉非常著迷。也不是看什麼扁桃腺，把她抱起來就親。唉！那個小女孩可真是個萬人迷。

六月二十二日

朱蒂：

要跟妳報告，關於消防設備不足之處已經不用煩惱了。大夫和派西先生所表現的已經使我明白，消防訓練並不是好玩、可以打壞東西不用賠償的遊戲了。

孩子們上床睡覺後，精神仍然不敢放鬆。大家一聽到警鈴響，全部飛躍而起，穿鞋子，將床上最上層的床單剝開，裹在睡衣上，（這是概略狀況，小木屋裡的孩子都是直接穿著家居服睡覺的。）排成一列，快速地從玄關走到樓梯。

育兒室十七個小小孩則分別由印第安勇士負責把他們帶出。剩下的勇士則於房屋尚未倒塌之前，努力地搬運屋內有價值的物品。第一次的訓練，派西先生擔任總指揮官，他將十二個櫥櫃裏的物品，分別用床單包裹後由窗戶丟出。下次如果再不換指揮官的話，恐怕連枕頭，棉被都會遭受相同的命運。妳知道把那堆衣服放回去要花多少時間嗎，而派西先生只認為自己的工作已完美的結束，踱著方步回小木屋抽菸斗去也。

以後的訓練真的要多小心點了，不然善後工作太可怕了。

不過值得高興的是，在消防指揮官派西先生英明的領導下，我們在六分二十八秒內即可全部逃出避難。

阿蕾葛拉的身上應該流著迷人的血液吧。除了妳這位我和查比斯熟悉的人之外，還沒看過像這樣的人曾在孤兒院出現。她也把大夫當作部下在驅使了。大夫現在不再像個正經的醫生，到處診療；他牽著阿蕾葛拉的手走進了我書房裡，整整三十分鐘，大夫就趴在地毯上當馬，而這可愛的小精靈跨坐在他的背上，「砰砰砰！」地飛踢他的側腹。

我真想在他的書裡夾張字條寫下——

〈大夫性情改善計劃，圓滿完成〉

S·瑪格布萊德

兩天前佩姿和我正談著話，大夫也來插一腳。他變得好活潑，跳跨三個高台，面對鋼琴，唱起了〈我的愛人〉、〈紅色玫瑰〉、〈到我的懷抱裡來吧〉、〈窗邊的人是誰？〉這類對教育有不良影響的古老蘇格蘭民謠，最後他還輕鬆的跳蘇格蘭舞蹈哩！

我得意滿面、心情飛揚地坐下來。

這些該是因本人模範良好，所借之書和介紹像傑米、派西等開朗友人的功德吧。再讓我持續五、六個月此項工作，保證讓妳看到一個全新的大夫……在我高度的關切下，他已經不打大紅領帶，妳絕對無法想像他變得多令人耳目一新。如果他再能把經常口袋裡塞得鼓鼓滿滿的惡習改掉，那他的儀表可就是風度翩翩了。

再見！別忘了星期五我在等著妳喲！

莎莉上

P.S. 隨信附張阿蕾葛拉的照片，是派西拍的，很可愛吧？目前的衣服把她的可愛遮蓋了不少，不過再過不久，她就有粉紅色衣服穿了。

六月二十四日　星期三　上午十時

查比斯．班頓夫人：

來信收到了。由於妳先生有事不能離開，所以妳無法照約定星期五前來本院。這算什麼理由嘛！真的嚴重到妳無法離開查比斯兩天嗎？

當然我可以毫不在意這一百十三個孩子跑去看妳。但是為了個人的丈夫不來這裡，實在說不過去。就照約定，妳趕上星期五的快車，我會去接妳。

S．瑪格布萊德

六月三十日

朱蒂：

好匆忙的訪問，不過妳的好意、貼心叫我感動。真高興妳滿意我們這裡做事的方法。關於查比斯將和建築師來這裡徹底改建屋舍一事，也讓我忍不住興奮老半天。

妳在此期間給了我好多感觸。那位極優秀的朱蒂，其實是在這孤兒院養大的，而那些辛酸的成長經驗對小孩子來說，是非要不可嗎？真想不透為什麼會有這種不幸的情形。再者，我一想到妳在孩童時期所受的折磨，心裏就好生氣，直要把袖子捲起，跟那些壞人大戰一場；無可置疑地，也順便將世界換成適合孩子生存的地方。大概是遺傳了祖先蘇格蘭和愛爾蘭的血統，在我的個性上繼承了他們旺盛的鬥志。

如果當初應妳之託，來此接任院長時，這裡就已經完全現代化，也有了乾淨、衛生的小木屋，所有設備齊全的話，那我當院長一定會受不了這個每日按部就班、單調無聊的工作。讓我待在這裡的最大因素，就是那堆積累如山，非得馬上進行的工作。但坦白說，偶爾早上我睜開眼睛，一聽到外面嘈雜的人聲，鼻子又聞到這邊特有的味道時，我又好想再回到家中那種隨心所欲、無憂無慮的幸福生活。

魔女小姐，我真的是中了妳的魔法才到這兒來。只有晚上睡不著，魔法減弱時，我才會又下決心逃出這孤兒院過日子。可惜這決心總不會超過早飯時間。我一走出走廊，就會有孩子跑來跟前，把他溫暖捏緊的拳頭，害羞地放進我手裏；孩子會忽然睜大眼睛抬頭看我，默默地、一副惹人疼愛的撒嬌樣子。所以，我就忍不住會把他抱起來親一親，從他的肩膀和腰際看過去，其他那一百十三個孩子，我也想伸出雙手把他們擁入懷裏，讓他們幸福快樂。

這可是因為妳來，我才會變得如此有哲學氣質。還有一、兩件要向妳報告的事。新衣服已在順利縫製中，好像非常漂亮哦！看到妳送來那麼多印花棉布——里巴蒙夫人都呆了——那些布散布在整個作業場所——連帶地也令人想到六十位穿著粉紅、藍、黃、淡紫色服裝的女孩，在晴朗的天氣下，就在這片草皮上跳躍飛舞的風采。這樣子，對我們來訪的客人，是不是應該每個人發一副墨鏡，以備眼花撩亂之用。其實這些布當中也有一些是容易褪色、不太實用的。可是偏偏我們這位里巴蒙夫人天生不認輸——對於這些布一點也不在乎。必要時她就打算一件一件分別做。

向條紋格子說再見！

我很高興妳也開始喜歡大夫了。當然，我不會一直說個不停有關那人的各種事項，但是如果有誰說了大夫不好的話，那我們這裡可會大為憤慨喲。

大夫和我還是一樣彼此相互關照著看書。上個禮拜他帶來了一本《綜合哲學體系》的書，還叮嚀我稍為看一下。我很感謝地收下它，另外也借給他一本《瑪莉．巴休企魯卻夫日記》。大學時候，我們如果要增加對話的趣味，總是借用瑪莉所說的話，還記得嗎？大夫拿了這本書回家後，很用心地研讀。

「沒錯，這本書一定是一位有點病態，只會想到自己的人的正確記錄。可惜！沒有這種人。我真不懂為什麼妳那麼喜歡這本書。不過還好，麻薯小姐，妳和那位阿Q之間，一點相似的地方都沒有。」

今天大夫是這樣跟我講的。

他還沒跟我說過比這話更好的讚美，我太快樂了。瑪莉真可憐，被醫生修理了一頓還被叫成阿Q。大概是醫生發不出音在遷怒瑪莉

吧。

院裏有位出生於科拉斯的女孩，又虛榮又驕傲，滿會裝腔作勢，吹牛又老被人識破。可是她有一對很漂亮的睫毛。大夫自從看了瑪莉的日記後，就發覺那孩子的行為跟書上說的一模一樣，還叫她為阿Q式的呢！

晚安，希望妳再來。

莎莉上

F.S. 孩子們的存款都提出來買糖果了。哎！真傷腦筋。

〈星期二的晚上〉

朱蒂：

想知道大夫做出了什麼事嗎？他要到一個月前曾來這兒的那位精神病院院長處觀摩。有這種男人嗎？他對研究工作著了迷，根本無法放下。

出發前問他有沒有地方需要注意的，他竟然就這麼回答：

「感冒者要讓他們多吃，肚子痛的就讓他們空腹，不要隨便相信別的醫生的話。」

把這幾句話和幾瓶魚肝油丟給我就走人了。我可舒服了，自由自在，愛幹什麼就幹什麼。擺脫大夫死氣沈沈的陰影，不曉得我會做出什麼好玩的事。所以，妳最好再來一趟……

〈星期五　約翰．葛利亞孤兒院〉

強敵先生：

和在這裡被我縛手綁腳比較起來，你在那裡和病人大概玩得不亦樂乎吧。可是現在我要澆澆冷水，讓你那種病態的研究熱心稍緩和一下！最近我已經代替你的職務至精疲力盡了……

可不可以讓我知道您打算離開多久？本來說好兩天，現都已超過四天了。昨天查理馬丁從櫻花樹上掉下來，跌破了頭，不得已我只好請一位外國醫生替代，幫孩子縫了五針。患者精神還好，不過，叫我跟一位全然陌生的人求援，心裡總是不太願意。這種了不起的工作如果我能自個兒做，當然不會求你。就像你說的，和那邊的患者生活一個禮拜後，誰都會變得陰陽怪氣的。所以你還是回來吧！否則又要重新糾正你的性情了。

無論如何，請你一定要回約翰．葛利亞孤兒院。

你至親的朋友，也是僕人　S・瑪格布萊德上

P.S.

最後詩般的結尾可曾喚醒你？

這是一位詩人表達其對蘇格蘭朋友的友情之作，我現在可是很用功地唸。

七月六日

朱蒂：

大夫還沒回來，連信也沒有。「咻！」一聲，他就消失在那邊了。我不知道他要不要回來，不過，我覺得大夫不在，我就能做好多事了。

昨天，我到寄養拳頭師父的兩位老小姐家吃午飯。他好熱切地拉著我的手，帶著我參觀庭院，還摘花送我。吃飯時，英國籍的總管把他抱到椅上，幫他繫好圍兜，那副樣子就跟王子一樣。這位總管曾服侍過侯爵家，而拳頭師父是出身路旁地下室的人。看得我好痛快！

其後，兩位老小姐跟我大致地敘述了這兩個星期內大家相處的情形。（拳頭師父並沒讓這位總管捲鋪蓋離去，這位總管真是偉大！）到目前為止，拳頭師父為兩位婦人帶來了生活樂趣，其中之一就是讓她們一邊擦著眼淚，一邊說：「至少，生存有了意義！」

今晚六點半，我穿著夜宴服要到里巴蒙夫人家去的時候，碰見了塞萊斯閣下。他一看到我的樣子，就大叫：「一個堂堂的院長不要打扮得像個交際花，只要專心工作就行了。」我並不是執拗會記仇的女人，可是不知道怎麼搞的，每次看到這人，就想把他綁在石頭上，丟進水底去。不綁也要給他喝夠水，才讓他浮上來，走路東倒西歪。

辛格是和妳最要好的一條狗，牠現在的樣子說出來會讓妳笑死。牠那俊美的外表現在蒙受了天大的災難。不知道是那個小傢伙的惡作劇——應該不會是男生——好悽慘！身上的毛被剪得東一塊、西一叢，就像被蟲蛀蝕的棋盤。「犯人」還沒捕到。莎堤．克歐琳雖然是用剪刀的名人，可是她同時也是擁有不在場證明的名人！推測這次辛格鮑爾災難事件發生的時間，莎堤剛好坐在教室角落面壁，有二十八個孩子可以證明。無論如何，目前替狗塗生髮劑是莎堤每天的任務。

莎莉上

P.S. 這是塞萊斯閣下最近的肖像，他談話時越來越好玩，連鼻子都有表情。

〈星期四　下午〉

朱蒂：

大夫——離家十天後，終於回來了——什麼話都不說——非常陰沈。也不肯和我們說話，改變一下氣氛，只願意理阿蕾葛拉。晚上吃飯時也帶著那孩子去他家，直到七點半才把她送回來。雖說才三歲，也總是女孩兒家，七點半才到家太嚴重了。我想盡了辦法，也不知道該怎麼對待這位大夫。他越變越不好捉摸了。

派西現在和我已是無所不談的朋友。他現在也都和我們一起吃飯了。（這傢伙對於社交活動，真是沒得話說！）他的話題總離不開底特律的姑娘，太寂寞了所以老是想到她。派西他擁有個美夢哦！如果那位姑娘也這麼深情就好了；我總是有點擔心。派西從上衣內袋拿出皮夾，小心地打開兩層薄薄的保護紙，讓我看照片。嗯，大眼睛、耳環，只見兩道彎眉有點傻的樣子。我當然拚命讚美，可是私底下，一想到派西的將來，難免嘆了口氣。

為什麼世界上常常都是偉大的男人娶個母老虎，好女人嫁個非人的丈夫，好奇怪喲？是不是自己太行了，所以相對的就不防備別人了。

探索人的個性，應該是件最有趣的事。我好像有點小說家的氣質，一看到人就想了解他的心——想要徹底地了解那人——和派西的個性恰好相反。這位好青年不管在想什麼，我都可以猜得出。這就跟書本一樣，他是那種字大又淺顯的書。至於大夫呢！就像深奧艱澀的古文，若是雙重人格那還好，他簡直是三種人格嘛。用平常科學性的說法來舉例，就像岩石好不容易剝掉了外層，結果還達不到百分之一。我花了好多時間持續不斷、付出極大的耐性與親切，才有了改善。結果忽然莫名其妙地，他那種粗暴的野性又從心底深處顯現出來──這樣一來，我要怎麼做呢。

我不停地思量，又想到他的心是否曾經受到傷害一事。和他談話時，我總會有一種他內心深處還想著別樣事情的感覺。但有時我也把他這種難以取悅的個性解釋成很酷的羅曼蒂克。唉！真是個不好捉摸的人。

這個禮拜，這兒下午都是風和日麗的好天氣，我又蠢蠢欲動了。孩子們喜歡放風箏，這是倣自日本的運動。全部的男童和大部份女童都到諾魯特普牧場去，（這是東邊那座又高又滿是岩石的牧羊場的名字。）並且帶著自己做的風箏。

牧場主人是個老頑固，要到那裡去可不簡單。「我不歡迎孤兒！讓他們到這兒來的話，這土地就不能用了。」說這種美國話！簡直把孤兒當蝗蟲看。

跟他求了快三十分鐘，對方才勉強點頭同意我們使用牧羊場兩個鐘頭。還附加條件，絕不準到對面的牧牛場去，怕我們把神聖的牧牛場給褻瀆了。這位諾魯特普先生還另外派了兩位長工監視我們呢。

孩子們頂著風在山坡上滿地奔跑，有的風箏線彼此纏個不休，大家吵來吵去真的好快樂。珍還特地準備了點心、飲料，讓小朋友喘噓噓地回家時有個驚喜。

我目前的計劃是要把這群太老成的孩子返老還童，雖然這事很困難。可是能夠讓自己覺得，自己為這社會做了事，那種感覺實在不錯。妳一定也希望能將我變成一個有用的人吧！再不加油就會令某些人如願了。回家時參加社交活動氣氛雖好，且一旦和這一百十三個孩子血脈相通，沈迷於這群溫馨、躍動的孤兒裡，那些都不是問題了。

莎莉上

P.S. 訂正一下：剛才說的一百十三人，今天下午院內孩子的正確人數應該是一百零七位。

朱蒂：

今天是星期天，風和日麗百花開的好日子。我坐在窗台邊，膝上放了本《神經組織之保健》，（為了上進，最近大夫借我的。）眺望窗外的美景。（好在！託孤兒院地勢高之福，還是看得見鐵欄外面周遭的景色。）

我似乎感到自己也成了被關閉在裡面的孤兒了。為了平息這種躁氣，非得要找一些有新鮮空氣和運動的事不可。

現在我眼前的最深處，有一條白緞似的路，它垂向山谷，再爬昇至對面的山丘。自從來到這裡後，我一直很想爬到這路盡頭的頂端，看看山丘是否真的就在對面。朱蒂，妳小時候是不是也有過相同的夢想呢？不管是那位小孩子，都會站在窗戶旁看著山谷對面的山丘說：「對面到底是什麼地方呀？」所以呢，我決定馬上叫汽車。

但是今天是禮拜天，大夥兒都在審視自己的心靈，會胡思亂想、盡找無聊事的大概只有我了。換上便服，我打算要到那個山頂上去。

而且，我請接線生幫我轉五〇五號。

「早，麥達克小姐，馬克廉大夫在家嗎？」我嗲聲嗲氣地問她。

「請等一下！」扼要的回答。

「早，大夫！對面山頂上今天有沒有快要不行的病人？」

「謝謝老天，沒有。」

「哇，那你今天有沒有要做什麼？」我好失望地問。

「我現在正在看《物種起源》。」

「不要看了啦！星期六唸什麼書。對了，你們家的汽車馬上可以用嗎？」

「沒問題，可是那麼多小朋友能帶得動嗎？」

「只有一位要治療神經組織，她說無論如何一定要帶她去山頂。」

「嗯，我的車子可很會爬坡喲！再過十五分鐘……」

「我等你！還要麻煩你帶兩人份的煎鍋。我們廚房的鍋子都像車輪那麼大。再問一下，請麥達克管家晚餐在外面吃好不好。」

然後，我把蛋、鬆餅、點心都放到盒子裡，咖啡灌進保溫瓶，就站在門口等著，大夫則帶著煎鍋來了。

真的太棒了！大夫和我都好像被解放了，輕鬆自在。欣賞寬廣遼闊的牧場、以連綿不斷的山丘為背景的成排柳樹，呼吸新鮮的空氣，那些蛙鳴、牛銅鈴、溪流潺潺聲，不停地傳來耳際。我們談著各種和孤兒無關的話題，他也暫時忘了是名科學家，回到童年。妳大概不會相信這些吧，尤其是他露了幾手精彩的把戲，正像個年輕人一般，說他年僅三十幾歲，我還覺得沒那麼大。

我們決定要到下面崖上吃午餐，收集了好多枯樹枝點火煮了一頓美味的飯——蛋上面都沾了灰燼，可是他說木炭對身體有好處。等他喝完飯後的一杯茶，（太陽也照常地西沈了。）兩人這才收拾一下，打道回府。

大夫度過了一個多年來未曾有的快樂下午，這位科學家真可憐！他應不是說假話。看到他那間無趣、落寞寂寥、黃綠色的房子，也猜得出那種用書本掩蓋、排遣的苦悶。不知道哪裡有位可代替母親給他溫情的人，我決定開始進行替換瑪姬．麥達克的運動。要讓他高興地把這位管家辭退可不簡單。

對於這位陰沈的大夫本身，並不需要太費勁。因為他相當地寂寞，因此只要稍微摸摸他的頭就會讓他滿足了。我感到今天到處都是陽光普照，因為它照到了大夫的心。就像我希望一百零七個孩子都能變得開朗活潑一樣，我也希望大夫陰霾盡除。

我確實還有事要告訴妳，可是忘了。風吹得我好想睡呀！九點半了，晚安。

S

P.S.

戈登．哈洛克憑空消失了，竟然三個星期毫無音訊。

糖果、玩具什麼也沒送，這個體貼溫柔的人到底怎麼了？

七月十三日

朱蒂：

好高興接到妳的來信！

昨天是拳頭師父離家的第三十一天，照例地我掛電話給兩位老小姐，商談領回的事。她們竟然好兇地拒絕了。好不容易等到火山不再噴火之後，我才接著又問，要讓他回家嗎？她們很生氣我提出這麼絕情的話。最後大家妥協，讓拳頭師父接受兩人的招待，一起度過夏天。

關於新衣服，大夥兒仍在努力縫製中。好想讓妳聽聽縫衣機的聲音！這些太懂事的女孩，每人可得到三套服裝，她們可以自己選擇花色及樣式，相信她們一定能感受到生存的自尊及信心。另外，裁縫功夫的進步也是我想要妳看的。才十歲的孩子，並不輸給大人。

我們也可用這種方式來教她們做飯。可惜，這裡的廚房不適合，一次煮太多的馬鈴薯，誰看了都會膩的。

我有沒有跟妳談過，將這裡的孩子分成一組十人的小團體，各個組別再找一位和善的人當媽媽的計劃？還要蓋一些美麗如畫的小屋，前院種花，屋後養兔子、小貓、小狗，如果再能養小雞的話，那這裡真的就是最偉大的孤兒院了，我也可以當一個名副其實的慈善事業專家了。

〈星期四〉

這信是三天前所寫，因為和某位有力的慈善家（贈送五十張馬戲團票）談話而中斷，此後也無繼續寫的閒暇。佩姿三天前到費拉魯費去當她堂姊的伴娘。當然佩姿的家人也趁此催她嫁人……可是她真要嫁人的話，那院裏可傷腦筋了。

在那裡逗留的期間，佩姿也順便調查了一個想要收養孩子的家庭。碰到我們直接從家庭收到領養申請書時，我總想確實做一番家庭調查，可是我們又沒有這種專業部門。平常只能借助州立慈善援護協會，那邊有很多受過訓練、走遍全州的專家，連絡孤兒院和欲收養孩子的家庭。但相對地也要付出不少錢，就我們來說，並不見得划算。

雖然我希望儘可能有更多的孩子被收養，但是對於領養家庭繁瑣的調查卻絕對不可少。

我一直相信沒有什麼可比得上給孩子一個家庭，但也不一定要有錢人，最重要的是有充滿愛心，慈詳、和藹的雙親。此次佩姿似乎釣上了一個像稀有寶石一樣的家庭。但文件還沒簽字、孩子還沒交出，可以說尚有鴨子飛走之慮。

要拜託查比斯幫忙查一位費拉魯費的J．F．布雷得先生，似乎在經濟界很活躍的一位人士。會知道這位先生，是來自一封由律師事務所發出的信函，內容說明布雷得太太要求領養一位二～三歲可愛健康的女孩，不知院裏能否找一位美國血統、無遺傳問題、無糾葛不清親戚的孩子讓他們扶養？署名J．F．布雷得。

雖說我們可以參考『企業家年鑑』，但這樣是不是有點過份？就跟買樹苗一樣，看完目錄就可訂購了。

開始我們也曾寄了一份調查用文件給布雷得夫婦的區牧師，問題概略如下：

——有無財產呢？

——按時付分期付款嗎？

——愛護貓狗嗎？

——到教會嗎？

——夫婦吵架嗎？

像這類不太含蓄的項目，我們列了一大排。

那位牧師可是個相當幽默的人。他並沒有逐條回答這些問題，只是在紙上寫了幾個字：

「我也要當養子！」

我們仍然得調查下去。佩姿一等婚禮結束，即刻飛奔到牧師家去。她天賦的偵探眼發揮了最大的功效，只要看一眼桌、椅的狀況，就能視破那人有一顆什麼心。

佩姿擄獲重要情報後，飛也似地趕了回來。

沒錯，J．F．布雷得的確是位有錢有勢的人士，朋友愛死他，敵人恨死他，（那是一位被他開除的傭人，毫不猶豫地批評他冷酷、無情。）不常按時到教堂，但太太很規矩地出席，替她先生獻金。

太太是位詳和、氣質好、有教養的婦人，曾因神經衰弱住過一年療養院，最近才搬回家。根據醫生的診斷，這婦人對人生一定要有強烈的興趣才行，所以力勸他們扶養孩子。本來那也是太太老早就有的心願，但一直遭到冷漠丈夫的反對。

但先生終於屈服在太太不屈不撓的精神下，好人贏了。本來先生喜歡男孩，最後他又退讓了，寫了這封內容如前，想要領養有對藍色眼睛女孩的信。

布雷得夫人是下決心要領養孩子了，很早以前她就研究了各類書籍，對於幼兒營養簡直到了萬事通的地步。面向西南的育兒室，好像隨時準備迎接孩子一般裝備齊全。架子上還排滿了洋娃娃！夫人很得意地展示她親自幫那些娃娃做的衣服——妳也明瞭，這都是女孩子所不可缺的。

她還為了孩子剛開始學說話，要請哪一個保姆而煩惱。知道佩姿是大學畢業生之後，更想到孩子將來要讓她上什麼大學，真難決定！還問佩姿：「妳的想法到底如何，假如是妳自己的女兒，妳會怎麼做？」

這種優異的表現，如果不能打動人心才怪。不過為一位還不知道能不能來、見都沒見過的孩子做了這麼多娃娃衣服，倒是令我永生難忘的。她自己的孩子在幾年前沒有了。應該說是根本沒有！因為兩次都是流產。

由此，妳可了解對方是何種家庭了吧！而且他們滿懷愛心，就等著院裏的小朋友。這種愛心與親情比什麼財產都還重要，當然這一回財產也會跟著來。

現在，我們面臨的是孩子的問題。滿困難的！J・F・布雷得夫婦曾跟我們提過他們希望的條件。如果是男孩的話倒有一位符合，但從滿架子洋娃娃來看，那也不行。布雷得夫人要求一位和自己一樣有棕色頭髮，祖先六代都會乖乖進教堂的，最好是殖民時代當過總督人士的後代。咦！「我們院裏還有一位捲髮可愛的女孩，（捲髮孩子可是不多了！）她是私生子，從領養孩子的立場來看，這可是無缺點的。但實際情況是這孩子無論如何不行……因為他們夫婦一定要看父母的結婚證明書。」

在一百零七位院童中，我們終於找到一位，就這麼一位。蘇菲的父母在一場鐵道車禍中去世，孩子大難不死，曾經因喉嚨腫而住院。這孩子的血統是純正的美國人，從各方面來看都沒什麼好挑剔的，也很平凡。被其他孩子欺負時只會哭，也不活潑。大夫最得意的就是餵她吃魚肝油和菠菜，雖然一向沒多大效驗。

但是，孤兒院的孩子一旦被灌注了親情和關懷，常會有意想不到的好結果產生。或許這個孩子經過若干年後，就會變成一個又好又美的小姐。昨天我們將蘇菲的個人情況向布雷得先生說明，並決定將孩子交給賈曼頓牧師。

早上我們接到了布雷得先生的電報，叫我們稍慢一下，因為他要先看過孩子才決定。他將於星期三下午三點到達院裏。

糟了，假如孩子不受喜愛，那可怎麼辦！我們大夥兒現在正為孩子的外表煩惱，怎麼把她的可愛表現出來——就像要帶去參加展覽會的小狗狗一樣。又不能把她塗胭紅什麼的？到底還是孩子，沒有化妝的習慣。

這信越寫越糟了！沒完沒了！我開始緊張，要把整個精神灌注在蘇菲身上，希望讓她能順利地被收養。

會長，幫我禱告吧！

莎莉・瑪格布萊德上

戈登先生：

在我最忙的時候，我只不過只有一次隔三個星期才寫信給你，而相反地你竟然四個禮拜內連問候的信也沒有。你是不是在報復我，真是沒品、惡劣！不把你丟到波多馬克河，我心的怨氣沒法消除。話又說回來，真要那樣做，那我們的小朋友可要傷心死了。戈登叔叔是最受歡迎的人，請不要忘記要送我們驢子的約定。

並且你要曉得，我可是比你更忙的人。比起議會來，約翰・葛利亞孤兒院要做的工作是困難得多了。

何況你那地方的助手人才濟濟。

這封不是信，是一張因發怒而寫的抗議書。明天，或者後天，我還會再寫來。

S

F.S. 反覆看了幾次你的來信後，我氣是消了些，可是甜言蜜語大都不可靠。那些儘是好聽的解釋都是堆馬屁話。

七月十七日

朱蒂：

有好多事情務必跟妳報告。

今天兩點半時我們幫蘇菲洗了澡、梳頭，讓她換上漂亮的麻紗服裝，把她那邋遢樣去掉。這樣一來，成功的機會大些。

正三點半時——還沒看過長得像布雷得先生那種大忙人樣子的人——哇！一輛威武外國製的轎車在玄關停了下來。一位下巴刮得乾淨，時間寶貴緊迫狀、聳著肩、四方臉的人三分鐘後出現在我書房的門口。這位先生大聲喊了一聲「瑪格烈得小姐」和我招呼，我和善地回答後，變成了「瑪克烈得小姐」。我請他坐上了最好的椅子，並問他旅行後是否要簡單吃點便餐。布雷得先生只要了一杯水，（真的不喝酒的話，挺好！）客套完了，我拉了鈴，請人帶蘇菲過來。

「等一下，瑪克吉小姐！我是很想看孩子，但可不可以就順便招待我參觀遊戲室等有孩子的地方，到處走走？」

於是，我先帶他到育兒室。這裡有十三、四個小孩穿著方格裝，在床鋪的棉被上玩耍。只有蘇菲一個人穿著漂亮的短裙，正被另一個穿格子服的小朋友捉住。蘇菲不耐煩地發脾氣，尖叫起來，裙子也被拉扯得歪到一旁。我把蘇菲抱起來，扯平衣服的皺褶，擦擦她的鼻子，讓她和布雷得先生見面。

這時候只要五分鐘的微笑，這孩子就會有一個美好的將來。蘇菲是笑了，但只有短短的一剎那，立刻又哭了！

布雷得先生慌亂地握住孩子的手，就像在哄小狗一樣，口中還啾啾地叫著。而蘇菲竟然看都不看，頭盡轉往別處，臉向著我的方向。布雷得聳聳肩！（這算是想要抱孩子的樣子嗎？）（我太太應該見見這孩子，我自己並不想要孩子！）他大概是這麼想，所以兩個人就空著手走出了育兒室。

剛好一個搖搖晃晃的小東西正走到布雷得先生的面前，正是那個朝氣蓬勃的阿蕾葛拉！那孩子就在這位先生的正前方，兩隻手像風車一樣飛舞著蹣跚學步，眼看就要跌倒了。布雷得一個箭步扶起阿蕾葛拉，讓她站正。孩子抱住了布雷得的腳，抬頭看他，並展開笑靨。

「爸爸，抱抱！」

這孩子來這兒幾個禮拜內，除了大夫之外，也沒見過其他年紀較大的男人；而且布雷得跟她印象中的父親可能很相似。

J．F．布雷得先生把這孩子抱舉了起來，就正像他每天都在做這樣的事。孩子也沈溺在快樂中，咭咭笑個不停。令人吃驚的是，阿蕾葛拉抓起對方的耳、鼻，將他的肚子當作大鼓，咚咚地開始踢。阿蕾葛拉的確相當活潑。

布雷得先生散亂著頭髮，慢慢地從孩子手中逃開。將孩子放下來後，手上就牽著阿蕾葛拉緊握的小拳頭。

「這個孩子跟我有緣，我想其他的就沒有必要看了。」我嘆了口氣，跟他說明，阿蕾葛拉不能跟她的哥哥們分開。可是他卻堅決反對，他的下巴一直高高地抬著。

後來，我們回到書房談了三十分鐘。

他喜歡阿蕾葛拉的血統、長相，還有那精力充沛的樣子，而且最主要的是他們合得來。與其要強迫他領養女孩子，他寧願要一位有力勁的小子。嚶嚶哭的孩子不要，一哭就不像男孩子了。但如果能把阿蕾葛拉給他，那他會把她當作自己親生的孩子養育，根本不要擔心孩子以後的生活。「難道妳有權利因為婦人之仁而剝奪孩子過幸福的生活嗎？他們家本來就散了，妳所能做的，就是盡可能幫每個孩子找到最好的依歸。」他對我這麼說。

「請你三人一起收養。」我厚著臉皮拜託他。

「不，不行，我絕不考慮！我太太是個病人，她頂多只能照顧一個孩子。」他回答。「怎麼辦？我不知道到底該如何處理。

對阿蕾葛拉自身來講，這是再好不過了；但是要將孩子從深愛她的兄弟身旁帶走，這又是多殘酷的事。我也明白如果布雷得夫婦正式收養阿蕾葛拉，不但可將她過去的傷痕撫平；孩子又小，就像對父親的印象模糊一樣，很快地也會忘記哥哥們的事。

此時，朱蒂，我想起了妳的事。也曾經有家庭想要扶養妳，卻因孤兒院院長的阻撓，害妳不能像別的孩子一樣有個家。妳常提到，一想到此事，就好遺憾！

我是不是也破壞了阿蕾葛拉的幸福？但是站在那兩個小兄弟的立場，事情就不同了。對男生而言，只要受教育，出到社會就能自立。而女孩子，家庭就是絕對必要的。自從阿蕾葛拉來了之後，我就感覺朱蒂再現了。那孩子有才能、又活潑，無論如何也要給予機會發揮。除了上天所賦予的之外，這孩子也該擁有世上的美和幸福。孤兒院能給她這些嗎？

布雷得急躁地在房內走來走去，我就站著仔細考慮這事。

「麻煩妳叫那兩位男孩到這裡來，我和他們談話。」他固執地說：「如果他們真的愛妹妹，應該會高興地讓妹妹離開。」

於是，我把孩子叫了進來，心裡沈重得像鉛塊。兩個孩子還未忘記喪父之痛，現在又要帶走那個可愛的妹妹，真不知要怎麼說出口。

可愛、堅強的兄弟兩人，手牽著手走進來，意外地瞪著眼前這位不認識的紳士，帶著小心翼翼地神態。

「到這裡來，我告訴你們。」布雷得牽著他們的手說：「我家裡沒有小孩，來這裡希望能帶一位小朋友回家。你們的妹妹她將會有漂亮的房子住，有好多好多洋娃娃，還有一輩子的幸福——這裡沒有辦法給她的幸福——我決定把妳們妹妹帶回家，你們一定很高興吧。」

「可是，還沒給妹妹吧？」克力弗特問。

「還沒，但隨時都可以給她。」

克力弗特和我眼光相對，瞳孔裡開始流下眼淚。他掙脫掉布雷得的手，投身到我懷裏，向我哭著說。

「求求妳不要把妹妹給他！拜託！拜託！拜託！讓他回去好嗎！」

「三個人一起領養好嗎？」我再次詢問他。

可是對方是個冷漠的人。

「我總不能將這裡的孩子全部領養吧？」對方無情地拒絕。

這時對面的隆恩也開始哭起來了。在這一片哭聲中，馬克廉大夫抱著阿蕾葛拉衝進來了。

我為他們互相介紹一下，並將事情的經過說了一遍。

布雷得想抱小孩，可是大夫緊緊地抓住，一點鬆開的意思也沒有。

「沒有那種道理。」大夫一針見血地說：「如果照布雷得先生所說的，那這兒的規矩就是要把骨肉拆散了。」

「院長，請妳下定決心。」布雷得固執地說：「應該做出結論了。」

「妳明白了嗎？」大夫一副蘇格蘭德性表現無遺，他轉向我說：「妳不會犯那種大錯吧？」最頑固的兩個男人爭取那位楚楚可憐的阿蕾葛拉，並且還讓我演出一場所羅門王的判決。

我讓孩子們先回育兒室，然後三個人繼續在房內大聲爭辯。最後，布雷得先生引用了這五個月來我一直使用的「對白」炮轟我們一頓。

「這孤兒院到底誰在主持，是院長，還是這位特約醫生？」

被這位紳士這樣搶白了一陣，我對大夫突然覺得很抱歉，尤其是我可從來沒有在別人面前這麼說過。最後我很清楚、很堅定地問布雷得先生，如果阿蕾葛拉不成的話，他是否願意再考慮一下蘇菲。

「不，不要說蘇菲，誰都不考慮，除了阿蕾葛拉。」對方回答。我真有點膽怯了，那個孩子的將來會不會被我破壞了。而且，他一邊走出屋子，一面跟我做這種告別：「瑪格布萊德小姑娘、馬克廉大夫，先失陪了。」布雷得很勉強地點點頭離去。

而就在門關上的剎那，大夫和我也開始大吵起來。

根據他的說法，如果依現代化、人性化的觀點來看，即使是一剎那也不應該有拆散骨肉的想法。何況大家也都當過小孩，怎麼可以對這種不願骨肉分離，把孩子留在此地的想法批評成自私本位。（這我可沒錯。）再吵到在職務上應否參與院務的大爭論。最後他比布雷得先生更過份地甩甩頭就走了。

我夾在這兩個人當中，好像被新式壓輾機滾過，整個人都散了。等佩姿一回來，鐵定又會對這次把前所未有的好家庭放棄一事，發我一頓牢騷！

經過一個禮拜的積極行動後，竟然以這種收場結尾。蘇菲、阿蕾葛拉最後都一樣還是孤兒院院童。唉！真漏氣！拜託將大夫革職，德國人、法國人、中國人都可以，找一個來代替他——但是，可絕對不能要蘇格蘭人。

累死的　莎莉上

P.S. 今晚恐怕大夫也在拼命寫信，請妳開除我。如果妳真有那樣的希望，我也不會有怨言了。

戈登先生：

你真是個小氣、度量小、用心不良、彆扭的人！傻瓜！我要真喜歡用蘇格蘭話寫信給你，我的名字前面也會加個蘇格蘭人慣用的「馬克」。

當然，星期四對於你的來臨，全約翰·葛利亞孤兒院的人都會高興地恭迎大駕。不只是為了那些驢子，也由於你是位明朗善良的好人。本來我是想準備一卷一公里長的信來彌補對你的失禮之處，但那似乎沒有很大的意義，因為後天你就要來了。一想到你的英姿，我疼痛的雙眼就不藥而癒。

你可別因我粗魯的言語而生氣，這都要怪我祖先常在蘇格蘭高原出沒之故。

瑪格布萊德上

朱蒂：

約翰·葛利亞孤兒院一切正常——除了掉落牙齒一顆，扭傷手臂一隻，嚴重擦傷膝蓋一隻、患流行性角膜炎的孩童一名之外，別無他事。

目前，佩姿和我對大夫還是採取行禮如儀，但態度冷漠之勢；對方大致也相同。是大夫自己自討無趣。除了科學、感情之外，他那沒命工作的樣子，是陰沈外加某些地方表現的傲慢。

不過，現在我不在乎大夫了，有一位比他更好更好的人要到這兒來了。趁著國會休會期間，戈登要出來旅行，其中兩天要在這兒度過。

我很喜歡妳要利用剩下的暑假到附近海邊走走的主意。距離孤兒院不遠處也有幾所舒適的出租別墅。等到週末查比斯回來時，氣氛就不一樣了，會更好喲！夫妻有時分開一下各做各的工作，再相聚時，彼此之間一定會有新的感覺。

紅頭髮
為了戈登來訪
正在研究政治
問題的莎莉！

我可不是挑撥你們的結婚生活，而是因為我現在正努力地在研究『門羅主義』和一、兩個政治問題。

快八月了，和妳三個月一聚的約定，正讓我興奮的等著。

莎莉上

〈星期五〉

親愛的敵人：

經過上個星期的火爆事件後，我還邀請你來參加晚宴，應該對我及我這種心胸寬廣的女人覺得感動吧。不過，再怎樣氣憤，請你務必來。慈善的哈洛克先生你知道嗎？就是那位送花生、金魚及其他種種物品的先生。他今晚將要來此，這可是一個跟他要求保健方面捐助的機會喲！

七點時，請準時光臨。

莎莉．瑪格布萊德上

親愛的敵人：

你真應該被放逐在孤山獨穴的時代。

S．瑪格布萊德上

〈星期五　六時半〉

朱蒂：

戈登來了，對於孤兒院，他又有了另一番全新的看法了。癩痢頭兒子還是自己的好，這是自古即有的真理，我是極盡所能地稱讚我這一百零七個孩子。

今天下午，戈登和我一起到村裡買東西，因為我要買二十人份的女生緞帶，他要幫忙拿。莎堤還另外託我買她喜歡的鞋子，挑了老半天，終於買了一雙有垂辮的橘紅色和另一雙翡翠綠的。

後來兩人又忙著選緞帶。我看到旁邊來了一位客人，好像是要買皮包夾鐵扣子。她說話的樣子引起我的注意。

這個女人戴了一頂插著羽毛的寬邊帽、斑點面紗、羽毛領圍、新型太陽傘，毫無表情的臉，我想我並不認識。她用一種僵硬、不在乎的樣子跟我打招呼。我回了禮，定睛一瞧，原來是穿著夏服的大夫管家麥達克夫人！

畫中的臉可比實際好多了。看得見笑容，是因為筆滑了。

可悲！她並不知道我們可以同時關心一個男人。她只認為，我一心想找個男人結婚，不管是誰。剛開始我是打算攫奪大夫，但現在她又看見我和戈登先生在一塊，大概又要認為我是個想要和這兩位男士結婚的重婚怪物。

再見！有好多客人來了。

〈午夜十一時半〉

今晚，為戈登所舉行的晚宴中，出席的客人有佩姿、里巴蒙夫人、派西先生。還不記前仇的也請了馬克廉大夫，但他以不習慣和人交際為由，斷然地拒絕。他真是一位全然不顧禮節，只會一味坦白的人。

真的沒錯，戈登的確是位無缺點的一流人士，長得又俊美，態度從容、高尚、機智，禮儀也可得滿點——是一位很拿得出去的丈夫！可惜，在我的想法中，丈夫是一起生活的人，並非只是在晚宴或茶會供人觀賞的花瓶。

戈登今晚表現得不尋常地好，佩姿和里巴蒙夫人都很喜歡他——我也有一點。他用演說的方式滔滔不絕地論說著有關金剛的飼養方法。相對於我們苦於尋找猴子的睡處，戈登條理分明地馬上幫我們設法了。由於金剛是傑米送的，而傑米的友人派西當然有義務要跟牠一起睡。戈登的演說今人亢奮欲醉，如喝香檳。猴子的問題被他炒成像為祖國流血、犧牲小我的英雄事蹟，令大家的熱情澎湃不已，議論紛紛。

坐在地下室的壁櫥旁，眺望外面的夜色，心思卻早已飛到遠處正在熱帶叢林遊玩的兄弟身上。戈登說到這段金剛的寂寞心境時，他的眼睛也凝視著天空。

這麼會演說的人，將來一定有希望。再過二十年他出來選總統時，我一定投他一票。

一個快樂的夜晚，在這三個小時內，我完全忘記周遭一百零七位正沈睡的孩子。雖說孩子確實是天真無邪又可愛，但偶爾能將他們暫時忘記，也是令人輕鬆的。

客人回去時已經十時了，夜很深。（今天是第八天，時鐘又停了。珍真是健忘，老是忘記每個星期五要上發條。）不過，這個鐘走得真慢了點。而且，做為女人，為了美麗而早睡也是我的義務。特別是有喜歡的求婚者在旁時。

明天再續，晚安。

〈星期六〉

戈登和孩子們一起玩，也順便考慮一下要送那些禮物。他想到了，我們印第安小屋前如果有三根塗著漂亮圖騰的柱子會更有代表性，另外我們也該有三打粉紅色的遊戲服裝。對這位厭煩藍色的院長來說，粉紅色不啻是令人高興的顏色！這位體貼的支援者，還計劃贈送兩頭驢、馬鞍、一輛紅色小車，興奮吧！戈登的爸爸給了他這麼多零用錢，而戈登自身又這麼慈善、熱心，這不是太棒了？他現在正和派西在飯店裡吃午餐，在慈善方面，又有什麼新點子出爐了吧！

每當我為打發孤兒院的單調生活而困惑時，我就會想到妳呢！從妳手中接過這個孤兒院，我也是很努力的經營，這是不用講了。不過要是一直不停地工作，依我的個性，還是會受不了。我希望偶爾也有變化，因此對這位明朗活潑、有孩子般朝氣的戈登先生，我也很歡迎。尤其是和那位嚕嗦的大夫比較之下。

〈星期日的早上〉

關於戈登結束訪問的過程，我務必要跟妳報告一下。本來他是打算四點時回去，而我竟然莫名其妙地要求他延到九點半才走。今天下午，戈登、我還有辛格鮑爾走了很遠，到一個看不見孤兒院建物的地方，在那個小而整齊、路旁的旅館中飽餐一頓。辛格鮑爾吃得直打嗝。

散步是最快樂的事了，替這種單調封閉的生活增添了很多樂趣。如果沒有後來的那些事，我應該可以滿足好幾個禮拜。這麼一個完美的下午竟被搞砸了，實在是令人氣憤難平！我們九點半時回到院裏，戈登立即要趕去車站，而我在不打擾其他人的情況下，獨自站在玄關跟他道別。

那時，屋旁恰放了一輛車。我知道那是誰的車，所以料想，大夫大概和派西在屋內。（他們兩人晚上常在保健室內談話。）戈登突然問我願不願離開孤兒院，當一個家庭主婦。

有這種男人嗎？整個下午，我們一起在那不見人跡的荒野走了幾公里，他不說，現在卻站在車來人往的玄關門口問我！

我記不清楚自己是怎麼回答他的!?總之，我不願輕率回答，也不願他趕不上火車，只好先催他回去。而他卻倚在柱邊，希望徹底的談一談這個問題。在我的立場上，他會錯過火車，何況窗戶又都全開著。男人全然不會替被問的人想一想，而他們的面子則是由女人和外在評價所構成。

被他這樣一直追問，我也煩躁得支支吾吾。戈登發火了，臉色難看，又把眼光再次投向汽車。他知道那是誰的車子，一時激憤之下，開始批評大夫了。什麼凸眼金魚、暴發態，還有其他難聽的話全出籠了！

為了讓戈登了解大夫，我一直反駁說，大夫並不如他所想的那樣，他只是有點古怪，難捉摸罷了。忽然，大夫從車內出現了，向著我們走過來。

這時候，我真想讓自己消失！

大夫滿臉怒意卻還不失冷靜地面向我們兩人。戈登越發生氣，像個無理智的人一樣兀自大發雷霆。我對眼前即將爆發的場面感到不知所措、茫然無助。情況變化了！大夫客氣地向我道歉，說他無意偷聽，再轉向戈登詢問，是否願意搭他的車子到車站。

我請大夫不用麻煩了，我實在很怕他們兩人吵架。不過沒有人注意我的話，他倆相偕坐進車子離去，而我就這樣一個人呆立在玄關前。

我回到房間，橫躺在床上，不知過了幾個鐘頭，始終睡不著，腦海中一分一秒地數——我現在才明白，等待的滋味真會令人發瘋。

現在已經十一點了，大夫還沒出現。看到他時，我到底應該怎麼辦？躲在衣櫥裡算了。還有比這更無聊的吵嘴嗎？我怎麼會無緣無故跟戈登大聲爭吵呢？再看到大夫我會很窘的。

我跟他說話時，心一定會砰砰跳個不停——言不由衷的亂說一頓。

啊！真希望時間能倒流……這樣就能讓戈登四點時出發回去。

莎莉上

〈星期日午後〉

馬克廉先生：

今天晚上實在很對不起。希望你不要誤會，我沒有別的意思。我舌頭所說的話和頭腦毫不相關，它單獨行動。對於你無時無刻的援助和忍耐，我真不知該如何感謝。

如果沒有你充分的支持，我承認在孤兒院中，我是什麼事也做不成。至於你自己也必須承認，你是位脾氣並不太好的人。昨晚真的很抱歉，說了一些不好的話，可是我並無惡意。總之，你能原諒我的失禮嗎？如果因此和你斷了友誼，我會很痛心的。我想，你大概很希望我們兩人不再是朋友吧！

S．瑪格布萊德

朱蒂：

我無法預測大夫和我的友情是否能再恢復。我給他寫了一封道歉信，但有如石沈大海，對方並無反應。今天下午大夫終於來了。我猜他應該會如同往常一樣，對所發生的事發表一些意見；可是，他除了幫孩子換藥之外，什麼也不提。結束時，剛好莎堤跟他提起有關小貓的事。大夫家的馬爾他貓好像生了四隻小貓咪，莎堤硬吵著要去看。我不曉得莎堤怎麼辦到的，反正明天下午四點，我得帶她去看貓。

接著，大夫傲然地點點頭就回去了，事情似乎就樣結束了。

星期日的來信拜讀了，我也很高興妳想租別墅。租成的話，我們又有一段長時間可以相聚了。這兒的改善工作真要能得到妳和會長的協助，那一定進展神速。可惜八月七日前，妳要到紐約，不能來此！事情真的那麼要緊？像妳這樣孝順丈夫的太太，我倒還沒聽過。

請代向會長問安！

S·瑪格布萊德上

七月二十二日

朱蒂：

這封信妳千萬要仔細看。

四點時我帶著莎堤，照昨天所約到大夫家去看貓。不巧的是住在附近的佛來迪．納德在二十分鐘前從二樓下來，大夫到他家去幫他治療瑣骨去了。出門前大夫曾交待，他馬上回來，請我們稍等一下。

麥達克管家把我們招待至書房內，吩咐我們不得亂跑，然後就藉口擦黃銅缽，待在房內。好像我們會幹什麼似的？她是不是認為我們要偷拿那隻塘鵝逃跑。

我拿了本討論中國問題的雜誌來看，莎堤則像個福爾摩斯，到處走、到處盤問。

她摸著紅鹿說，為什麼這隻鹿這麼高？為什麼牠這麼紅？塘鵝是不是一直都咬著青蛙？單隻腳站著？一連串不停地提出問題。

我看雜誌看得出神，沒空理她，她轉向麥達克管家進攻。等她把房內一半的東西都調查清楚後，她又打開大夫書桌的正中央抽屜，拿出了一個皮革鑲框的女孩子照片——可愛得令人難以置信的孩子。讓我驚訝的是她長得真像阿蕾葛拉，也可以說是阿蕾葛拉五年後的照片。

我想，晚上吃飯時可以問問大夫她是那裡的患者。還在想呢！莎堤就問起來了。

「這是誰呀？」

「大夫的女兒。」

「她在哪裡呀？」

「在好遠的地方，和祖母待在一塊。」

「她是從哪裡來的。」

「大夫的太太送的。」

像觸電一樣，我迅速地抬起頭。

「他有太太了！」我大叫。

可是，瞬間我就開始後悔自己的大驚小怪。麥達克管家挺挺腰，慢慢地說：

「他沒有跟你們提過太太的事嗎？六年前太太忽然精神失常，後來越來越嚴重，只好送到醫院去，大夫拼命地照顧。我還沒看過比她更漂亮的女人。一年的時間內，大夫沒有笑過。你們認識這麼久了，大夫什麼都沒有告訴妳嗎？奇怪了！」

「他一定是不願提這種事。」我也不客氣地回答，還問她黃銅缽是用在什麼地方？

在大夫還沒回來前，我和莎堤又跑到車庫看小貓。

朱蒂，妳能告訴我，這到底是怎麼回事？大夫有太太，查比斯不知道嗎？他沒問過大夫這種重要的事嗎？如果真像麥達克所說的，夫人住在精神病院中，馬克廉大夫也應該要告訴我們，不須那麼見外呀！

不過，話又說回來，碰到這麼悲傷的事，或許他連講都不願講。這種病有些是遺傳性的，我知道了——他一定是擔心他的女兒！老天，我還每次都拿遺傳來開他玩笑，他的心一定被我傷透了！一想到此，就生自己和大夫的氣，我不懂事，可是大夫為什麼不告訴我呢！

我又不想見他了。真的不知要怎麼面對他才好！

莎莉上

P.S. 湯姆．馬克將瑪咪．勃朗特推到蓋房子用的泥灰中，好在瑪咪只被煮了半熟。我要去請大夫了。

七月二十四日

約翰．葛利亞孤兒院院長誠惶誠恐地向妳報告。希望妳不要盡信傳言，睿智地裁奪。敬請詳細調查有關本人因（殘虐行為）而需免職一事。

今早，正坐在窗邊曬太陽，閱讀有關佛雷貝爾論兒童教育的書——絕不採粗魯的態度對待兒童，而以溫和、親切感化孩子。孩子們並不如人們所見那樣惡劣，他們大都無心，他們脾氣不好大都因為無聊。無需處罰他們，只要移轉其注意力。看到這段，我也反問自己對周圍的孩子們是否也以愛心對待，讓環境保持和諧的氣氛。

正當這時，我的注意力被窗下一堆少年所吸引。

「啊——傑姆！不要弄牠了！」

「快一點啦！」

「快點把牠殺了吧！」

在孩子們的吵鬧聲中，夾雜了動物被折騰的痛苦哀鳴。我丟了書跑下樓，從門口邊向著孩子們叫。孩子們一看到我就四處逃竄了。我發現那位剛才虐待老鼠的傑姆．戈丁，其他壞事我就不說了。

我叫來一個孩子把老鼠拿走，然後捉著了傑姆的領子，傑姆一邊扭動身體一邊飛踢；我們兩個就這樣拉扯地從廚房門口進到裡面。他已經是十三歲大的孩子，又抓住旁邊的柱子死命不放，就跟一隻掙扎的老鼠沒有兩樣。我體內那十六分之一的愛爾蘭血液這時發作了，抬頭看看四周，尋找處罰的工具。眼睛一瞧，順手就拿起了鍋鏟，用力地打了下去。對方馬上放棄幾分鐘前那兇暴狀，一面嗚嗚地哭，一面跟我賠禮。

這時又有一個人衝進廚房。不是別人，正是大夫。他吃驚地蒼白著臉，一步跨進，搶走了我手中的鍋鏟，扶起了傑姆。傑姆趕緊躲到大夫的背後！我氣得說不出話，連哭也哭不出，只是覺得好累。

大夫只說了一句「先把孩子帶到院長室去。」我們走回院長室時，傑姆盡可能地拖慢腳步，離我遠一點。

到了院長室，大夫和我進到書房，關上門，他問我：「到底那孩子做了什麼？」

一聽到這話，我頭趴在書桌上，忍不住地嚎啕大哭！我好累，我只知道自己身心俱疲，用鍋鏟打人不過是個導火線。

我大抽大噎地哭，將整個事情詳細地說了一遍。大夫叫我不要再想那件事了，因為老鼠已經死了。他讓我喝杯水，又勸我盡情地把怨氣哭出來。他好像摸了摸我的頭髮，態度就像一位偉大的醫生，我見過他曾經對一位歇斯底里的孩子也是這樣做。而且這個禮拜內，除了非常客套的問候外，他根本沒有跟我說過話。

當大夫把手帕放到我眼前時，我開始能坐直並且笑了。大夫立即和我談起了傑姆。大夫認為少年人本來就偶爾會做出一些殘酷的事，這是因為小孩子的道德心在十三歲時還沒發育完全。

大夫教我洗把臉，把哭痕整理一下；然後又把傑姆叫進來。這個少年找了一個離我最遠的地方站立。大夫說話總是經過深思，善良而替人著想！傑姆因為老鼠是害蟲，才想一定要除掉牠。大夫回答他說，人類為了自己的福利而必須殺掉很多野獸，這種行為並不需要受到處罰，但是應該盡可能讓牠們少受痛苦；同時也說明，老鼠因為神經較纖細，並且沒有防身武器，有時我們只覺得好玩，而動物卻是痛苦萬分。他以老鼠做比喻，運用想像力，順便也教孩子，多站在別人的立場想一想。說完後，又走到書架處拿了一本巴茲的詩集，還告訴我，巴茲是位很優秀的詩人，所有的蘇格蘭人都非常仰慕這位詩人。

「可是這位詩人也有一首關於老鼠的歌。」大夫找到那頁，唸出來：「小東西，這麼小，這麼膽怯的小動物。」他又解釋，這首詩恰正似形容蘇格蘭人。

傑姆領悟了自己的錯誤，回房去了。大夫以醫生的眼光朝向我，「妳太累了，一定要換個地方散散心，休假一星期。到亞迪隆・達克斯去如何？我、佩姿和派西大家可以組成一個委員會，處理院內的事。」

如果真能像他所說的那樣，那我真的可以鬆一口氣了。充滿松香的空氣的確是我需要的。我的家人還為了上個星期我不參加家庭露營而埋怨不已。家裡的人一直不能諒解，我有此地位，卻無法暫時放開事務休假。至少也應設法安排五、六天的休假。所以，我打算從下週一開始休假一星期，再搭下午四點的火車回來。這樣的話，妳來的時候我也可以安心一點，比較不會想一些無聊的事。

大概是大夫的說教有了效果，傑姆將自己從裡到外弄得乾乾淨淨，還拿著鍋鏟到我面前認錯。但是有一個後遺症——蘇珊・艾斯特魯每當我一踏進廚房時，她就會提心吊膽。今天早上，我跟她抱怨昨晚的湯太鹹，無意中手拿起削馬鈴薯刀時，她竟然嚇得逃到柴房的門口。

明天九點，等我把五封電報都拍出後，我就可以出發旅行去也！我又可以回復到活潑、什麼都不用操心的姑娘身份了——在湖中泛舟、漫步森林、到俱樂部大廳跳舞，妳不知道，我將會多麼快樂。一想到這些，我就興奮得睡不著覺。說真格的，我從來沒有發現過，自己對孤兒院是這麼地厭煩。

「妳有必要離開這兒一下，好好地讓自己鬆懈。」大夫如此對我說。

這種診斷恰似千里眼，這正是目前我最迫切想要的。等度假完畢，我又會精力充沛地回到這裡，和妳一起迎接忙碌夏季的來臨。

莎莉上

P.S. 傑米和戈登也要去。假如妳也能去那多好！丈夫這種東西還真是麻煩！

七月二十九日

朱蒂：

寫這封信主要是要讓妳知道，這裡的山比往年高，森林越發翠綠，湖水變得更湛藍。

今年來渡假的客人似乎晚多了。湖邊的度假帳篷除了我們的之外，就只有哈利曼一家。跳舞的男士舞伴在俱樂部內少得可憐，好在有位善解人意的政治家充當本人的舞伴，所以還是玩得很起勁。

不管是政治或孤兒院的事，當我們泛舟在湖上時，這些都被拋開。一想到下個星期一的早上自己就必須搭乘七時五十六分的火車回去，離開這裡，心裡又要歎氣了。在休假中就這麼一瞬間，想到即將結束的假期，正享受的幸福也頓時失去光澤。

陽台那邊又聽到有人在問「莎莉在屋內嗎？」的聲音。就此擱筆了，再見！

八月三日

朱蒂：

回到約翰．葛利亞孤兒院，又有一大堆事情等著處理。回來看到的第一件事就是，那個挨揍的傑姆這會兒竟然袖子上戴了一個臂章。仔細一看，上面竟然寫著：「防止虐待動物協會支會長」！在我休假時，大夫在這裡成立了支協會，並推舉傑姆為支會長。

傑姆昨天曾叫住蓋新農場小屋地基的搬運工人，跟他們做了一番很嚴厲的訓話，制止他們鞭打馬匹命令牠們爬坡。我真的覺得很不可思議。

有很多事想說的，但想到四號妳就要來這兒了，也就不需要浪費太多的紙筆了。可是有一件很好玩的事，真會笑死妳的。有沒有看到我畫的兩幀圖；題名為《莎堤受難記》。珍把她的頭髮給剪了。本來她紮了兩根長辮子，現在已經像（次頁）下圖的模樣了。

「那辮子最麻煩了！」珍說。

而現在流行的是短頭髮，又時髦又適合孩子，所以珍就想幫孩子們剪頭髮。誰先呢？當然是

〈莎堤受難記〉

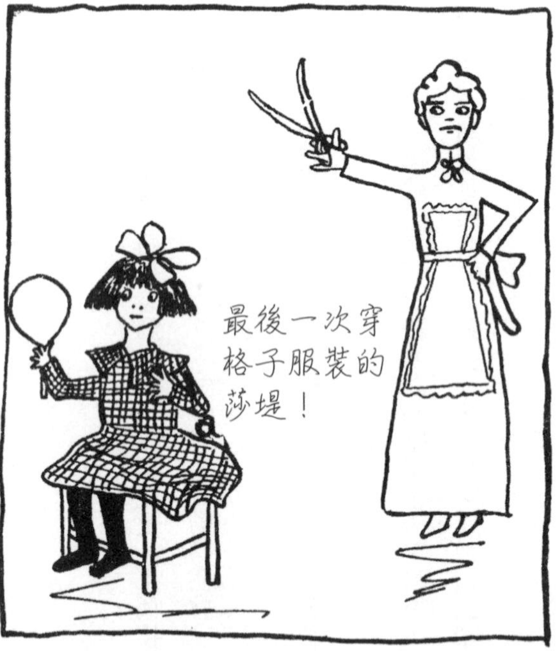

莎堤，她獨立心又強、又不輸給男生，天生就是個自立自強，不仰賴他人的角色。結果就如上圖所見到的了。

好想趕快讓妳看看新服裝！我迫不及待地想要看到妳被一群玫瑰花蕾般的孩子圍繞的樣子。妳知道嗎？當新衣服——不同花色的服裝每人各三件——發給這陛穿慣藍格子服的孩子時，他們眼光中所散發出的光采，真令人永生難忘。由於服裝樣式、花色各人不同，因此有必要才在領子後面寫上名字。里貝特院長真不會精打細算，相同的制服每個禮拜洗完後光是要分辨出是誰的，就得浪費多少人力。

莎堤像隻小豬似地悲鳴不已！或許珍剪到她的耳朵了。我去看看——

不用擔心，莎堤的耳朵完好無缺，她只是突然聯想到自己坐在牙科用的椅子上，一瞬間好像牙齒就痛了起來。

接下來寫的，就是有關於我自己的事了——這事妳聽到了或許也會跟著開心。

我訂婚了。

我們彼此都很快樂　莎莉上

十一月十五日　約翰．葛利亞孤兒院

朱蒂：

佩姿和我開著新車剛繞了一圈回來，我們就是用這種方法來找樂子。車子曾停在妳們渡假別墅的門口。鑰匙鏈子垂掛在大門上，總有一股陰森森、漏雨的感覺。整棟房子彌漫著破敗的氣氛，這和每天下午開著門迎接我的那個朝氣蓬勃的家，實在大不相同。

隨著夏天的結束，一種捉摸不住將來、患得患失的心情，也逐漸籠罩、逼近我的生活。我真希望結婚日期能再延六個月。不過這樣一來，可憐的戈登大概會失去控制。請不要懷疑是我心猿意馬，我僅是希望再多一點時間考慮，因為三月已經越來越逼近了。我一直肯定自己的判斷能力。無論是誰，只要能慎重、合適、開朗地結婚，那他一定可以獲得幸福。可是，唉！可怕的是我這位最不喜歡變動的人，竟然希望這個婚姻無止盡地變動。常常當我忙完一天的工作，精疲力盡時，就會為此問題所困擾。

尤其是現在妳已經把渡假別墅買下來了，只要一到夏天，就能在這兒見到妳的此時，我卻要離去。一想到此處，我就怒氣沖天。明年夏天，即使我不在，妳、佩姿和那位滿腹牢騷的蘇格蘭先生，一定也是大夥兒一起充滿幹勁地工作。孤兒院中所有的人都忙成一團，過著有意義又幸福的日子。我想我非害思鄉病不可！世界上真的有東西可以填滿一位失去一百零七個孩子的母親寂寞的心嗎？

朱蒂二世回到紐約後，想必依然是活蹦亂跳。想送給她一點小禮物，它大部份是珍所縫製，雖然我也幫了一點小忙。但是有一點卻一定要聲明的，其中兩列是大夫手編的。我越來越無法了解大夫的深奧，認識他十個月以來，我頭一次知道他會編東西。據說，是他小時候在蘇格蘭高原幫老人放羊時學來的。

大夫三天前曾路過，順便進來喝茶，而那次也真的讓我見到以前從未發現的和善大夫。但後來他又回復到那位眾所皆知的『石頭人』，我已經放棄要去了解這個人了。但是，有個太太在精神病院內是誰也無法輕鬆起來的。我很想問個清楚整件事的來龍去脈，不然心上老打個問號？

我也知道，妳想要知道的事，這封信上並沒有給予回答，大概是因為十一月份天氣沈悶之故吧。自己總是無緣無故地憂鬱，真擔心自己會逐漸變成一個乖僻的人物。而僅憑戈登一人是無法帶動家庭氣氛的！如果我再這樣神經質、陰沈沈下去，那我將無法想像未來兩人的婚姻生活會如何轉變。

要和查比斯到南方去的事是否已經決定了？這對一直想要和老公形影不離的妳來說，真是再好不過了。可是我煩惱的卻是，要把那麼小的孩子帶到熱帶去，是不是太冒險了呢？

小朋友們正在下面的走廊玩捉迷藏。我要下去和他們玩耍，讓心情愉快一點。

暫時擱筆了！

莎莉上

P.S.

夜裡的天氣開始變冷了，小木屋中的印第安戰士也準備搬回家中。由於毛毯、熱水袋尚屬奢侈品，無法配備，所以只有叫他們撤出。很可惜，這種帳篷生活對他們而言功能頗大。大夥兒回到屋內，才發現孩子們已被鍛練得像獵人般的健碩、敏捷。

十一月二十日

朱蒂：

我現在想起來，自己實在沒有必要比妳這個當媽的人更操心。把孩子帶到每日吹著加勒比海風這種溫和的熱帶地方，其實也沒什麼不好。房子就在椰子樹下，海風吹拂，家裡的製冰機器齊全，海灣對面又有英國醫師駐紮，在這種條件下，養育孩子一定可得滿分了。

只有一個理由讓我反對妳去，今年冬天，我們和院裡的小朋友一定會因為妳不在而倍感寂寞的。我覺得能夠嫁給一位擁有橡膠園、鐵路、石油礦湖、菸草田這些熱帶專業的丈夫真是人生一大快事。如果我也能跟戈登在那美得像畫一般的熱帶林中散步，那該有多好……

想到一些未來的羅曼蒂克景象，心情又激盪了起來。和宏都拉斯、尼加拉瓜、加勒比海列島這些地方比較之下，華盛頓之流就顯得太平凡無奇了。

我打算去送妳，好嗎？再見！

莎莉上

十一月二十四日

戈登先生：

朱蒂回紐約後，預定下個星期出發到牙買加。她計劃每當查比斯出外擴展新事業時，就以其地為根據地居住。如果你也能浪漫冒險地到南洋開拓貿易事業的話，那我二話不說，馬上辭掉孤兒院的工作，伴你上路。而且你穿白麻紗上衣一定會很好看！我最愛的男生，也就是穿著白麻紗的男生。

沒有朱蒂，我的午後時間也被砰地一聲撞開了大洞，那種無聊，你是絕對無法想像的。相不相信，不單只是週末，平時只要能看到你，我的元氣即可恢復；而現在你不在我身邊，我也就鬱鬱寡歡。戈登，和思念比起來，看到你會令我更喜歡你。你一定有催眠術，當你離我越久、越遠，那法術的力量就會變薄；而一見到你，魔力又增加了。我們已經好久、好久沒有見面了，快點來吧！再來施展你的魔法。

S

十二月二日

朱蒂：

妳還記得我們大學時候的夢想嗎？多嚮往南方啊！而夢想就要實現了，妳就要到那熱帶之島！黎明前登上甲板，船停泊在京斯敦港，四周是湛藍的海、翠綠的椰子、純白的海岸盡入眼簾，這種賞心悅目的經驗妳可曾有過？

沒忘記吧！七年前那趟旅行。我第一眼看到那港口的景象，至今難忘。那時我覺得自己完全被一片世所未見的夢幻色彩籠罩，像個歌劇中的女主角。雖然到過歐洲旅行四次，但是最讓我印象深刻、回味無窮的還是加勒比海三週的假期。我一直想要再去，特別是這兒絕對無法取代的食物，讓我喉嚨隆隆作響。好想吃那裡的咖哩飯、芒果。

我想我的血液中應該也混了克里奧爾、西班牙，和某些中美洲土著的血統，還是因為我身體中只有流著英格蘭、愛爾蘭、蘇格蘭混合的冷酷之血，所以一心憧憬著南方，「希望在松樹林中找椰子。」

送走妳後，自己的一顆心似乎也跟著流浪而去。回到紐約後，我也戴上新帽子，穿新衣服，手中捧著大把紫菫花，好像整個人都飛揚起來。有五分鐘的時間，戈登也希望自己能避開人世、悠閒地生活。一向喜歡現實社會、人群的戈登也有這種想法，出乎妳的意料之外吧！有一點我必須跟妳說明的，我的筆有點不聽話了，它淨寫一些不經過大腦的話！我們言歸正傳吧。

船離開後，在心情空虛、惆悵下，我回到了紐約。妳的離去令我暫時非常不能適應，我的眼前盡是妳和查比斯在甲板上揮手告別的影子。妳的眼睛一直盯著我，即使船已經變得很小、看不見，我還是這麼覺得。

在紐約，剛想進百貨公司買東西，就在旋轉大門上，我看到對面一個熟悉的人影。我想了好久，對了，海倫．布魯克斯！我想進去，對方想出來，門卻好像永遠不停似地旋轉。最後我們終於碰面，熱烈地握手、擁抱了。她還很親切地幫我提那十五打襪子、五十頂帽子和兩百件毛衣。我們邊走邊談地來到了五十二街，找了個餐館用餐。

在學校時，我對海倫一直有好感。她雖然不顯眼，但卻是一位踏實、值得信賴的人。她在舞台劇社最糟糕的時候接手，而且重整了社團，這妳還記得吧？讓她來擔任我的繼任者，如何？這件事是我最不願提起的，但也不得不提起。

「最近有和朱蒂碰面嗎？」海倫一開始就問我。

「十五分鐘前才剛和她分手啊！她帶著丈夫、女兒、女傭、僕人和一隻狗，坐著船往加勒比海出發了。」

「她丈夫好嗎？」

「天下第一。」

「朱蒂和她先生之間還相愛嗎。」

「我還沒有見過比他們更幸福的婚姻。」

海倫的臉有些落寞。我突然想起去年夏天瑪蒂・金吉訴我的事，趕緊把話題一轉，說到孤兒院的事情去了。

可是過了不久，海倫自己還是把話全告訴我了，她說話時冷靜、沈著，好像講的是別人的故事。她目前自己一人住在紐約，幾乎沒有和人來往，能找到一位傾訴的對象，對她而言，真是莫大的恩惠。她悲嘆自己生命的不幸。在這麼短的時間內，經歷了這麼多經驗的人的確是少有。大學畢業後她結婚、生子，後來孩子夭折，又和丈夫離異。在一場家人的爭吵中，她獨自一人來到紐約生活，目前在一家出版社當校對。

以普通人的立場來看海倫的婚姻，離婚並無不妥之處。因為兩人壓根兒不適合，即使把她先生變成女人，海倫也無法跟她談上三十分鐘的話。而換成海倫是男人的話，她先生也僅會道聲

「早安，你好。」就擦身走過。這樣子無話可說的兩個人竟然結婚了，男女間的事有時真會令我百思不解。

海倫認為女人的天生職業就是做家事、生兒育女。所以當她大學一畢業，就迫切地想要擁有一個自己的家。而那個時候亨利出現了，她的父母也仔細地調查過亨利，幾乎沒有缺點——家世、人品、收入都在水準之上，更不用說到外表了。海倫深愛亨利，他們舉行了盛大的結婚儀式，在各方祝福下成為夫妻。

過了一段相處的日子後，海倫發現兩人所喜好的書、興趣、朋友、玩樂全然不同。亨利個性溫吞、安靜，不喜愛社交，活潑的海倫則相反。一開始夫婦相處時只覺得無聊，爾後就變得厭煩。海倫積極的習慣常令亨利焦躁、不安，而亨利散漫的性情又使海倫無法忍受。海倫花一整天整理好的櫥櫃，亨利只消五鐘就可以把它攪得亂七八糟。他衣服到處成堆，令海倫忙個不停，浴室毛巾從不放好，也不保持乾淨。並且海倫日漸冷淡的態度也讓亨利著急不已——海倫了解此事——最後連亨利說笑話，海倫也笑不出了。

在老式的想法中，因這些微不足道的小細節而鬧離婚實在不可思議。一開頭我也是這麼想。可是在海倫不停地敘述這些小地方時，我發現一個個小點結合起來，卻是個無比的大洞，我好害怕自己是否也會過著這種婚姻生活。這不是真正的婚姻，只是一堆錯誤的結合。

某天早上，當他們一邊吃飯、一邊討論夏天要去那兒度假時，海倫不在乎地提到自己要去西部，因為她希望住到一個允許離婚的州去，而第一次亨利竟贊成了。

海倫的雙親是屬於標準的維多利亞時代的舊式人士，你能想像他們對於離婚這兩字是多麼地異，尤其是他們家那本用了七代的聖經中沒有登載過這種事。於是家族成員一致認為，這是因為女兒在大學唸了太多荒唐作家的書之故。

「今天，如果說丈夫醉酒把我頭髮抓住痛毆一頓，離婚還算有理由；但實際上兩人並無劇烈爭吵的事項，誰也無法了解我們離婚的動機。」海倫歎息道。

海倫事件讓我受到一個很大的衝擊。別人都認為他們擁有給予對方幸福的力量，但只是一個個性不合，不管舉行了何種豪華的典禮，也無法將兩人結合在一起。

〈星期六早上〉

這封信本來是打算兩天前就要寄出的，結果寫得太長，到現在還沒結束。

昨夜，一個被好多人打擾的夜晚——越睡不著，手腳就越發冰涼，到最後，人就被壓在毛毯山下差一點窒息；早上醒來，人是沒有凍死，可是卻精疲力盡。抗爭了整晚，本來想繼續蒙頭大睡，突然又想到育兒室那十四個尚無法自己蓋被的嬰兒。那位專門負責晚上照顧他們的保姆，唉！是位一睡就像隻死豬的人，（這個人一定要把她登記在欲開除的名單上。）所以我只好又跑去幫他們蓋被。

等這事一做完，頭腦可就完全清醒了。對我而言，睡不著覺可是絕對稀罕的事，通常是有世界性的重大問題待解決時才會有此現象。在黑暗中眼睛忽然睜開，雖然躺著，卻無比清醒，這情形太奇怪了吧？

我開始思考海倫的事，在心中嘗試將她的生活作一番改造。我也不知道為什麼她那些悲慘的事情會一直圍繞著我。這些問題真會讓一位已訂婚的姑娘擔心不已。如果有一天戈登和我真正了解對方時，我們會不會難以適應？此類煩惱不停地困擾著我。我和他結婚只是因為愛情。我並不是一位野心超強的女人，對於他的身份、財富，我是全不放在心上的。而且我更不是為了找一張長期飯票而結婚。讓我猶豫的是，為了婚姻，我必須拋捨我所鍾愛的工作。

我真的好愛自己目前的工作。為孩子們考慮他們的種種未來，好像自己就是某個王國或整個世界的創造者。從此以後，這些珍貴的經驗、種種事情都將永銘於心，不管未來自己將變成何種人物。而其中印象最深刻的莫過於經由孤兒院我更進一步體會到，什麼叫人。每天我都可以學習各式各樣的新事物，因此一到星期六的晚上，我總會回想到前個星期六晚上的莎莉，同時也會訝異於自己以前那副愚笨的傻樣子。

當然，一些好的習慣我也會將它繼續保存。唯一無法忍受的變化是自己的生活被破壞了，平凡多了。以前我喜歡火山噴發式的刺激，而現在一望無際的寬廣高原卻是我最愛的景色，平淡令我心情愉快。說真格的，對於明年即將來臨的大變動，我有說不出的害怕！請千萬不要懷疑我對戈登已沒有愛情，也不是我和戈登的愛情熱度已減退，只因孤兒院已日漸佔據我的心。

剛剛我碰到了馬克廉大夫，我恰好踏出育兒室——那位嚴肅的大夫則是被阿蕾葛拉吸引而來。我和他幾乎相撞，彼此站定了，他客氣地和我寒暄：「今天天氣好像要變天了，寫信給班頓夫人時，請順便幫我問候她。」

好貧乏的談話，他說的我一樣也沒寫上去。這間孤立在山丘上，簡單又樸素的小孤兒院，似乎也能嗅到目前妳正在享受的椰子樹、柑橘園、大蜥蜴的味道，雖然它是間隔了如此遙遠。希望妳能盡情享樂，另外可別忘了約翰·葛利亞孤兒院以及莎莉。

莎莉上

十二月十一日

朱蒂：

妳從牙買加寄來的信，已收到了。聽到朱蒂二世旅途愉快的消息我也好高興。妳可要寫信告訴我妳住宅的樣子，最好再附張相片，這樣我才能了解妳那邊過著怎樣的生活。如果能夠買艘遊艇，遨遊在碧藍的海上那多愜意！妳帶去的十八套衣服是否已全上場了？自從離開京斯敦之後，我一直在幫妳注意巴拿馬帽，妳買到了沒？

孤兒院就如同往昔一樣，沒什麼特別好玩的事情發生。梅費爾．佛拉，妳還記得嗎——那個暴發富之女？這位女士想領養一個養女，中意的對象是哈蒂——在聖餐式中偷杯子的那位乖女孩——可惜的是我絕不答應。因為梅費爾愛美成痴，她最重要的事就是黏假睫毛，其他天塌下來的大事皆置於睫毛後。

上星期從紐約一回來，我馬上就向孩子們發表了一篇簡單的演說；也報告了我送朱蒂阿姨坐上大船離去，這才是真正的主題，但是——一會兒孩子們的興趣就從朱蒂阿姨移轉到那艘大船上。那艘輪船一天要用多少噸煤炭？它的長度是不是從車庫到小木屋那麼長？它有沒有大炮？它可以追趕上海盜船嗎？發生叛亂時，假使船長把水手們槍殺掉，上陸後可以不用接受絞刑嗎？形形色色的問題。

為了讓我的演說更為出色，我只好求救於馬克廉大夫的支援。由此我也才知道，不管是多厲害的女強人，碰到十三歲的男孩所提出的問題，一樣也要投降。

這場演說引出了小朋友對海的興趣，其結果是大夫將帶領七位年紀最大，生性機警的男生到紐約去，登上定期航向大海的輪船參觀。昨天一大早五點時，這批人就起床，搭七點半出發的火車。七個小男生度過他們未曾體驗過最興奮快樂的一天，他們先訪問了大定期輪船（大夫認識其中一個蘇格蘭裔的輪機士）。他招待孩子們參觀了整艘船，從船倉底到指揮台，還請小朋友在船內吃午餐。午後，孩子們去看了水族館，登上摩天大樓的頂端，乘地下鐵環繞山邊，花了一個鐘頭觀察野生的美洲鳥類。等到大夥兒從博物館出來，趕搭上六點十五分的火車時，大夫已是滿身汗了。

晚餐就在火車內進行。孩子們第一次嘗試到儘管吃到飽，價錢都一樣的自助餐；大夫也擺出了撈回本的姿勢，先深呼吸，再開始埋頭苦幹、拼命吞嚥。鐵路局這一趟大概沒得賺了，同車的客人個個停下手，眼睛睜得大大的。還有人問大夫，是否帶寄宿學生出遊？我想應該是孩子們的禮儀和餐桌姿勢大有進步，才會讓人以為是貴族學生。我可不是在自誇，但是如果是里貝特院長時代教育的孩子，大概就不會有人這樣問了。孩子們以前吃飯的樣子，只會讓別人誤認：「是要帶去感化院吧！」

途中孩子們不停地討論船內的各種設備，船壁隔水、大章魚、摩天大樓等事。將近十點，大夥兒才回到孤兒院。要他們這麼興奮地上床睡覺，似乎是不太可能，但總之，大家都過了一個值得紀念的日子！我也很希望改變院裏這種毫無變化的生活，給孩子們一些色彩，點綴他們的童年，讓他們用新的眼光來看世界，使他們和普通孩子一樣的成長。

大夫真是個親善和藹的人。但是一旦我要向他道謝，他那種冷漠的態度妳也親眼看過。我話才說了一半，他馬上就揮揮手，制止我再往下說；同時，還大聲斥責史密斯小姐，叫她消毒水要管緊一點，這裡不是醫院。

對了，有件事務必要稟報的，拳頭師父已經回來了。他現在變得真有禮貌，一定會有人想要領養他的。我是很希望那兩位能力高強的老小姐能夠收養他，可是她們說，他會成為她們旅行時的累贅。

附上一張妳所搭的大船的繪畫，這是拳頭師父剛畫好的。我可猜不出這艘船是往那裡跑，看它往後跑的樣子大概又要回到布魯克林了。由於我們這裡缺乏藍色筆，所以把美國國旗變成義大利旗了。

甲板上的三人是妳、查比斯和小寶貝。像貓一樣，妳抓著小寶貝的脖子，這畫得有點誇張吧。在約翰・葛利亞孤兒院的育兒室中，我們可不是這個樣子。妳仔細瞧瞧查比斯的腿畫得很修長，恰似他本人的腿。我問拳頭師父，船長怎麼了？「船長到裡面鏟煤了。」他回答。那船一天要吃掉三百台車的煤炭，船長當然要下去幫忙。還有船員，也都到鍋爐室鏟煤了。

汪！汪！

這是辛格的吠聲。我一告訴牠正寫信給妳，牠馬上就有反應。牠要我向妳問安。

莎莉上

〈星期六　約翰．葛利亞孤兒院〉

親愛的敵人：

真謝謝你給孩子們帶來快樂的一天，本來早就要當面跟你說，但你總是不太高興的樣子，讓我也沒機會提出。

大夫，你要底是怎麼了？以前你常常都會對我很溫柔，可是這三、四個月以來，你只對別人友善，卻只以兇惡的臉龐面對我。

剛認識時，我們之間是有種種誤會，不斷地發生小衝突；但隨著這些吵架，卻也更加深了彼此的了解，鞏固了我們友情的基礎；我一直認為那種友情是不會動搖的。

導致今天這種局面，應該是六月那個傍晚所發生的那件事吧！你聽到一段無頭無尾的辱罵，我想跟你解釋那並不是真心話；可是，從那時候起，你就再也不肯讓我靠近了。

我真的好後悔，也想跟你說抱歉，而你老是遠遠地避開我，根本不給我說明的機會。你也知道我是個很笨的人，不止是笨，還很莫名其妙。如果你能明白我是位常常不經大腦就亂說話的人，你就會原諒我那時的無心之過了。

班頓夫婦就是知道我這傻大個的衝脾氣，才會叫我來此。我最大的動機就是盼望你能再把我當成最初那位沒大腦、又無聊的女人，建立我們和諧的關係，能使院內的孩童更幸福，也證明班頓夫婦沒有看走眼。

衷心希望你能忘了六月時在玄關所發生的事，想想我花了十五個小時唸那本《卡力克家族記錄》的心意，好嗎？

我想我們一定很快的就可以恢復友誼。

莎莉．瑪格布萊德上

〈星期日　約翰　葛利亞孤兒院〉

馬克廉大夫：

您那張裏面寫上十一個字作為回答的名片，業已拜讀。我很抱歉這麼死皮賴臉地，想要和您恢復邦交，惹您困擾不已。不管您如何想、如何行動，本人已不再在乎。請隨您意。

S．**瑪格布萊德**

十二月十四日

朱蒂：

首先要拜託妳，儘量把信封正反面都貼滿郵票，這裡有十三位小朋友在集郵。由於妳每日都會來信告知旅行狀況，所以這群郵票迷就每天聚集在大門口，等待從外國寄來的信。信只要一到我手，這些人就死求百賴地相互奪取，總是把郵票搞到稀爛。妳可不可以代求一下查比斯，再送一些有紫色松樹的宏都拉斯郵票，和瓜地馬拉的綠色鸚鵡郵票給我們。再多也不夠呀！

對於這些缺少活動的孩子而言，有項能使他們專心的事不也挺好的嗎？我的孩子們好像精神越來越好了，昨天晚上在B寢室，他們竟打起了枕頭戰。雖然我們這個物資欠缺的孤兒院會有稍微損害，但是我的臉上閃耀起來，就這樣站在旁邊，笑瞇瞇地觀戰。

前個星期六，派西又帶來了兩位一樣讓人感覺良好的朋友，他們午後和孩子們一起玩。他們先當印第安木屋的隊長，再用帶來的步槍舉行了一場打瓶子比賽。勝利隊伍有獎賞——一張畫了印第安人臉的皮革。雖然我並不認為那有什麼特別的，可是孩子們卻得意的很，所以我只好拼命地讚美個不停。

結束後，我贈送巧克力慰勞大家，不僅是孩子們，大人也高興異常。但最快樂的，應該是我。雖說本人是一介女流，又無意射人，但在本人的射擊中，所有人可都是是抱頭鼠竄、逃命夭夭。這並不是二十四位印第安人所要求，而是我自己也認為，再也找不到像這三位這麼好的伴遊老師。

最近我的工作是把一些住在附近、健康又富

裕、有奉獻服務精神、任勞任怨的人挖掘出來。妳也幫我想想看，孤兒院周遭應有很多才對。

目前我最需要的是，大約八位善良、溫和、總明伶俐的小姐，每週一個晚上來此。她們可以和孩子們圍坐在壁爐旁，邊爆著玉米花、邊聊天，灌注給孩子們一些天倫之樂。朱蒂，我還記得妳告訴過我，妳小時候拼命地想尋求各種溫情，以填滿自己那缺乏親情的心靈。

上週董事會議有了一個非常好的結果，新的女董事們皆為幹勁十足之輩，而男董事也都是好人。最令人高興的，莫過於塞萊斯閣下將到他那嫁到史克蘭多的女兒家去住一陣子。真希望他長住在那裡……

〈星期三〉

我現在開始像個不識大體的孩子，對大夫動起肝火了，沒什麼理由。而大夫還是一如往常，毫不在乎、冷靜、不帶任何感情地做事。自從來到這裡，幾個月內，我忍受了以前未曾有過的各種恥辱，現在我都要一一復仇。一有空我就會想到被那個人所傷害的心，他從不求我幫忙。我要用冰冷的態度，高傲、不在乎地面對那個傢伙……

我已經變成一個和妳以前所認識的那位活潑善良的好友完全不同的人了。

〈星期三晚上〉

我儼然已成孤兒教育方面的權威人士，妳覺得呢？明天我將和許多專家一起去參觀位於普得比爾的猶大人保護救濟協會孤兒院。（好長的名字！）要從這兒去那裡，非得黎明出發，再換兩班火車不可。換乘汽車更麻煩，左彎右拐一定會迷路的。話又說回來，既然是權威人士，就必須有行家的派頭。我認為自己應該儘量考察其他孤兒院，多吸收各種知識，以備來年改建之用。聽說這普得比爾孤兒院的建築，堪為一流模範。

持續到明年的擴建工程，依目前進度來看，相當令人滿意。作為增建要角的我，應該不會辜負大家的期許！雖然我即將離職，有些意見還是希望妳能採納？有兩件很快可以完工的改建工程。一個是新蓋的洗衣場，它的用處已越來越顯著了。有了它，一碰到雨季，甚或平時，院裡就不再因掛曬衣物，而弄得到處濕嗒嗒的。農耕課小屋，下個星期起就可以住人了，只剩下上油漆和裝門鎖兩項工作而已。

可是有個問題來了！湯費爾特的太太，那位給人印象良好，臉上總是帶著笑容的少婦，她討厭孩子的吵鬧聲，也為此而焦燥不安。湯費爾特本人倒是位相當努力、專精的農耕好手，我還找不到比他更合適的人選。他剛來時，我曾允許他自由借閱我個人的書。一開始他先看我擺在窗口邊的三十七本龐遜全集。看了四個月後，我終於忍不住勸他換本馬克吐溫的小說《頑童歷險記》帶回去。但是幾天後，他又拿來還，因為唸過龐遜的書後，對其他作者的書就再也不感興趣了。或許應該再找個頭腦較會變化的人。可是和史坦利比起來，湯費爾特可就明理得多了。

史坦利這陣子表現得非常不起勁。他以前好像是替「城裏的一位大富翁」工作，後因故被辭退了。本來我是希望他來這裡後，能親切地教導孩子開墾庭院，和和氣氣地跟大家相處，然而這些他都很乾脆的拒絕了。

〈星期五〉

昨天從普得比爾孤兒院回來後，感觸良深。真的好羨慕他們，會長大人，如何？我們是否也要在前面擺一些有名雕刻家的作品，另外再蓋許多獨幢式漆上灰泥的住家。

普得比爾孤兒院有七百位院童，年紀都很大了。當然，這點和我們有嬰兒的情況大不相同，可我也從他們院長那裏學到很多寶貴的方法。他們目前將小孩子以家庭形式區分，家庭內有兄弟姊妹，大孩子必須照顧比他小的弟妹。比如，姊姊珊蒂每天要幫妹妹葛拉莉梳頭、找襪子，教她功課，弄點心給她吃——這些措施除了可以讓妹妹被照顧妥當外，對姊姊的將來也相當有用處。

此外，他們也允許年紀大一點的孩子們之間進行某些自治管理。這些制度和我們大學是完全一樣的。而且孩子一旦出社會，由於有事先預備的心理，因此皆能適應良好，妥善照顧自己。我們院裏是規定一到十六歲就必須到社會獨立生活，可是我們還沒有此種訓練。有五位院童馬上要滿十六歲了，但他們一點心理準備都沒有。想到自己十六歲時那無知又毫無責任感的樣子，真擔心他們怎麼工作？

現在我必須給華盛頓的政治家寫有趣的信了，因此要先停筆了。可是寫信給政治家越來越令我頭痛了，我想說的話，政治家未必感興趣，是嗎？因為我講的全都是有關孩子們的事；而對方是即使兒童從這個世界消失掉，也不會留心的。算了，別把他想得這麼壞！我怎麼變得沒口德了。不要忘了孩子們（至少那些男生）——長大後都能成為有權利的人（女人沒有選舉權）喲！

莎莉上

懷念的朱蒂：

收到妳充滿陽光的來信了。聰明的話，這封信就別看了。所謂人生也不過就像冬天的道路。霧、雪、雨、泥濘霉濕的雨，寒冷——討厭的天氣！好討厭的天氣！而妳卻在牙買牙享受陽光與花香！

院裏正流行百日咳，連在三公里外下了火車都聽得見。真搞不懂細菌是怎麼跑進來的——不過，也好替孤兒院單調的生活帶來些許變化。廚娘跑了——在半夜——照蘇格蘭人的說法，就是『半夜溜了』。我不知道她的皮箱是怎麼拿走的，總之就是連人也不見了。而廚房的火也隨她消失，害得自來水管整個凍結。工人來了，將地板全部掀開。而有一匹馬的腳也受傷了。

更嚴重的是那位朝氣蓬勃、身體力行的派西先生突然在感情上墜入絕望的深淵。這三天來，我一直害怕他會想不開而自殺。他心愛的姑娘——我不太喜歡的那位——連戒指都來不及還，就嫁別人了。其實我倒覺得她是和那位男人所擁有的兩輛汽車、一艘遊艇結婚。這對派西來說未必不是件好事，只是，派西大概要花好長的時間才有辦法完全覺悟吧。

二十四個印第安人回到家中住，所帶回來的卻是一股精力無處發洩的氣息。沒辦法，誰叫小木屋無法抵擋寒冬。托新建鐵陽台的福，它將太平門圍起來，使得大夥兒要進出有個彈性。也謝謝查比斯將寢室陽台也裝上玻璃，能讓小朋友做日光浴的房間全部集中到育兒室真是太棒了。有了充分的陽光和空氣，孩子們一定可以更健康地成長。

印第安族人回復到文明生活，使得派西暫時沒有事做。本來我是想讓他回旅館睡覺，但是他現在已經習慣和孩子們生活在一起，單獨一人反而寂寞，更何況戀愛失敗的打擊，也使我們不放心他一人睡旅館。他從銀行下班到睡覺前的空檔，我也需要找些事給他做，以免他太無聊了。他真的可稱得上是孩子們的良師益友，是教導小男生成長不可或缺的人物。但目前我所頭痛的是，我們院裏卻沒有適合他的房間供他居住。結果派西只好睡到保健室去，而那些藥品就先擺在走廊架子上。這是派西和大夫商量的結果，兩個人相互容忍不便之處，真是一對寶！

媽呀！抬頭見了月曆，今天是十八號了，到聖誕節只剩下一個星期了。在這一週內我有太多計劃要做了，怎麼辦呢？孩子們相互間會贈送禮物，我的耳邊傳送著無數的「秘密」。

昨天夜裡下雪了。男生中午前都帶到森林去收集松柏樹枝，把它放在雪橇上運回來。而女生二十位，下午則到洗衣場去製作圓圈松枝窗飾。這個星期衣服要怎麼洗才好呢？場內都擺滿了東西。我決定聖誕樹的放置位置暫時先不公布，可是有約五十位的小朋友就爬到車庫窗上偷看樹的放置地方，而另外的五十位應該確定會經由他們傳達而知道。

有件事妳非知道不可，孩子們不相信聖誕老公公，不管我捏造得多麼真實。

「為什麼老公公以前都沒有來過這裡？」這是那個多疑的莎堤所提出的問題。但是今年聖誕老公公是一定會來的。照理說我一開始應該先邀請大夫來擔任此職，但是實在害怕像別的事一樣又被拒絕，所以就逕行拜託派西代替。唉！老天，我真的弄不懂這些蘇格蘭人內心到底在想什麼！大夫竟然用一種前所未有的親切態度，自願承擔此任，搞得我只好偷偷取消和派西的約定，真是好糗！

〈星期二〉

好奇怪，某些人竟然可以向一些自己完全不熟悉的人吐露心中的委曲？不談有關天氣的寒暄話，而是說出一堆個人隱私。

以下是有關一位今天來訪者的事：

那個女人帶著她妹妹的孩子來此——她妹妹正因肺病住在療養院治療。她希望在妹妹出院前將孩子暫時寄放，不過根據她的話，妹妹的病一定會康復，所以到時候只要手續完備，希望能領回孩子。由於離火車出發時間還有兩個鐘頭，那就順便參觀一下院裏面，這樣她回去後也可以說些事，讓可憐的母親安心。於是我就陪她看了孩子們的房屋及那個叫莉莉的孩子所睡的床，還有壁上有小白兔的餐廳。之後，我好像被對方牽著，又回到我的客廳準備喝茶。這時馬克廉大夫走進來了，（這真是稀罕，他和這裡的職員喝茶的次數，一個月不會超過兩次。）也加入我們，一起喝茶。

這位女士大概覺得自己應該說些較有趣的話題，於是，就提起了她的丈夫，一位在電影院賣票的人，他迷上了一隻（根據她說）臉上塗滿白粉，整天口香糖咬個不停的狐狸精，薪水全部交給那個女人，只有酒醉時才會回家。而一回家就發脾氣，摔東西，連放置紀念品的高櫃子也砸。她也曾企圖自殺，將一整瓶威士忌酒全部喝光。她聽說一次喝完一瓶會死人。但是她並沒有死，身體卻因此而差多了。她也提到有兩次丈夫回家時差點把她掐死。除此之外，或許丈夫對她還有些許愛意。她邊攪拌茶，又若無其事地訴說。

我怕說錯話，所以一直保持沈默。大夫到底是位紳士，在這種緊急時刻又伸出了援手。他說得真棒，鼓勵了對方，讓那位女士興高采烈地回去了。大夫處理這種場面總是顯得特別體貼別人，尤其是對方話說不出話來的時候。這必定是他當醫生的心得——不僅是身體，連心理治療也是大夫任務的一部份——對吧？這個世界上，大部份的人都需要心理慰藉。

這位女士的來訪讓我有了難題。如果我結婚後，丈夫將我拋棄了，跟著一位咬口香糖的女人跑了，而一回到家只會砸東西時，那我該怎麼辦。這個冬天我察覺到，每一個人都會發脾氣，特別是上流階級人士。

妳擁有查比斯這種先生，實在是非常值得慶幸的事。像查比斯這類男人，對什麼事都有原則、又認真。我現在才體會到選丈夫最重要的只有一項，那就是人品。問題是要怎樣判斷呢？男人的嘴巴真的都好甜！

再見，希望查比斯和妳們母女都能快樂地迎接聖誕節！

莎莉上

F.S.　如果妳的回信能再稍快一點，那我就很滿足了……

十二月二十九日 約翰、葛利亞孤兒院

朱蒂：

由於莎堤已花了一個禮拜寫聖誕卡片，所以我也沒有什麼事好報告了。

不過，真的太棒了！聖誕節，送禮物、遊戲、豐盛的食物之外，乘坐堆滿乾草的馬車出外兜風、溜冰、製作點心大會。這些被寵壞的孩子，妳想他們會鎮定下來，或者和一般小孩一樣嗎？我好擔心。

謝謝妳那六項禮物，每一樣都很好，尤其是朱蒂二世的照片。她露著牙齒笑起來的樣子，真令人疼愛。

有個好消息，哈蒂成為牧師家庭的養女了，是很慈祥的一家人。我也告訴他們上次有關聖餐式杯子的事，可是對方的眉頭連皺都不皺。那個家庭就把哈蒂當成是上天賜給他們聖誕節禮物。哈蒂牽著她的新爸爸，高高興興地離開孤兒院。

今天就寫到此打住，因為另外正有五十位孩子正在拼命寫感謝函……好慘！等到這個禮拜船一入港、朱蒂阿姨就會被信給淹沒。代向查比斯、朱蒂二世問安。

莎莉上

P.S. 辛格鮑爾也要妳代向妳家狗兒問好，因為牠沒法咬牠耳朵（致意）。

十二月三十日 約翰、葛利亞孤兒院

戈登：

我唸了一本很可怕的書！

這陣子很想練習法語，說得不好，又怕忘記，所以就動了看法文小說的念頭。很感謝那位蘇格蘭大夫最近沒有再逼我進修科學，所以有一些空暇時間可以利用。不幸的是我拿到的這本羅堤的小說對於一位即將和政治家結婚的女士來說，實在是一本很恐怖的小說。戈登，求求你千萬不要變成和小說中男主角一樣的人物。那是一位令人震撼、有魅力的政治家（像你一般），認識他的人都仰慕他（也同你無異）。而他能言善道，常作出色的演說（這又是你們的共同點）。大家都崇拜他，每一個人都向他太太說：「和這麼一位偉大的人物生活在一起，多麼幸福呀！」

可是當他一旦回到家中太太的身旁，就不是那麼一回事了——他的偉大只有在聽眾和鼓掌喝采者面前。他可以和任何一位初次碰面的人喝酒，開朗、笑容滿面；但是一回到家，他馬上變得情緒失落、悶得發慌、不開心。（在街上歡樂、在家裡傷悲！）即是這本小說的主題。

昨天晚上，我埋首於書裡直到十二點鐘，越想越怕，竟不能成眠。那本書描寫得太逼真了，直覺讓我感到未來你就會變成那副樣子。我無法輕鬆看待。八月二十日那件討厭的事，我並不想再提起它——它可是值得我們好好討論——像你自己也明白的，你是需要監視一下了。問題是我討厭做那種事，我希望自己能對未來結婚的對象具備不動搖的信賴感和安心感。每天擔心、害怕，等著丈夫回家的生活，我是絕對無法忍受的。

如果你也能看一看這本小說，應該就可以了解女人的立場。我是個缺乏耐性、不成熟、韌性薄弱的人。碰到那種情況會做出什麼事，連我自己想到都很不安。當我想做好某些事時，我就非得把這事確實掌握不可；和你結婚一事，也是我真正想做好的！

莎莉上

一月一日

朱蒂：

發生了一件奇怪又令人訝異的事。事實上我自己也分不清楚，它是真的發生了抑或只是夢境。我把發生的經過扼要地向妳說明。看完此信後，我覺得還是把它燒了較妥，我不想讓查比斯看到。

去年六月被人領養的湯馬斯．裘恩，記得嗎？那孩子得到了雙親酒精中毒的遺傳，從小對啤酒比牛奶有興趣多了。他九歲時進入院內，有兩次酒醉的記錄。一次是由工人處偷了啤酒，而另一次（此次是癱軟如泥）則是喝了煮菜用的白蘭地。妳也知道當我將他送出去當養子時，我實在是非常擔心。除了請領養家庭特別注意之外，（對方可是努力工作、滴酒不沾的農家。）還祈禱了老半天。

昨天，那農家拍了電報來說，那孩子無法再留下了，他坐的火車將於六點到達，希望我們派人去迎接。我們的人去接孩子，卻找不到孩子。我趕緊拍了封夜間電報，通知對方孩子未到，並詢問詳細內容。

昨天晚上比平常更冷，我收拾書桌——在心裡迎新年。接近十二點時，突然覺得夜深了，人好累。正想要上床時，玄關的門卻傳來了叩叩聲，害我嚇了一大跳。我從窗戶探出頭，問是誰，一聲酒醉、含糊不清的回答：「湯馬斯！」然後又寂靜無聲。

我下樓，開門，一位十六歲的少年滾了進來。他醉倒在地。感謝老天！派西已搬來隔壁。我趕快叫派西過來，兩人合力把湯馬斯扶到客廳，只有這地方有空間了。然後又給大夫打了電話。我們就這樣忙了一個晚上。後來才了解，是湯馬斯自己帶著包袱和一瓶偷來的藥離家的。那藥是混合半瓶乙醇所製的止血劑，在旅途中湯馬斯把它全喝了！

湯馬斯的身體情況好奇怪，似乎尚未脫險。而我又發現自己很盼望看到大夫那副忙碌、活躍的樣子；那種救命的本能讓他眼睛發亮，精神集中、專注。

我煮了咖啡牛奶。我是很想幫忙，但是對於治療我是一竅不通，所以把患者託付兩位男士後就回自己屋內去。由於有必要隨時待命，因此也不敢睡。將近凌晨四點時，大夫出現在我房內。孩子已經睡著，而派西帶了小床準備睡在那裡，叫大夫來跟我說一下。好可憐！大夫的臉都青了，疲憊不堪，好像要倒下去的樣子。見到他這樣，我的腦海中立刻浮現出，他總是為了救助他人而不顧自己地死命工作，而他的背後卻潛藏了一個全然見不到光明的家。剎那間，我對他的恨意、隔閡消失了，同情的波浪開始向我襲來。我向大夫伸出了手，大夫的手也相同地伸向我。忽然——我也不知道為什麼——有種電流般的東西觸及我，我們擁抱了。大夫將我的手放開時，讓我在椅子上坐下來。

「啊！莎莉，妳真以為我是鐵做的嗎？」大夫說完這話就走出屋外。

我就這樣在椅子上睡著了。

等到睜開眼睛，太陽都已曬到我臉上；珍更是一臉驚訝，站在旁邊。

早上十一點時，他又來了。但這回只是冷冷地瞄我一眼，眉毛動都不動，只叮嚀我，湯馬斯兩小時餵一次牛奶，瑪琪喉嚨的痰要注意。

兩個人又回到原來的態度，而我到現在還覺得昨晚那一瞬間是做夢。如果我和大夫真的彼此相愛，那才叫笑話，不是嗎？他有位正住在精神病院的美麗絕倫的妻子，而我也和一位在華盛頓孜孜不倦的政治家有婚約。現在最好的方法是我立即辭職回家，就如同普通的待嫁新娘一樣，安穩地在餐桌旁繡著S．瑪格布萊德的名字，度過幾個月。

我再鄭重地說一遍，這封信別讓查比斯看到。請把它撕成碎片，丟到加勒比海去。

S

一月三日

戈登先生：

我知道你一定會生氣。我有自知之明，了解自己是寫不出好情書。雖然有情書大全可做為參考，但是你也明白我並不是那種熱呼呼、充滿感性的女孩。「睜開眼睛你總是浮現在我心頭！」「只有你在我身邊時，我才真正活著！」等類句子，雖然也能寫，但總覺得是在胡說。

其實最主要的是我心裡除了你之外，那一百零七位孤兒也佔了一大半。你來不來我還是照樣快活過日，況且你也不希望我每天過著悲傷的日子。不過能見到你確實是讓我非常高興——這你應該也可以感受得到——你不能來此，我依然會失望。你的好處我明白，但就是寫不出來。有一件事老在我腦海裏轉，某家旅館女侍正在閱讀你隨手擱置在櫃櫥上的信，這影像清晰得如同親眼見到。這可全拜你那不善保存信件的習慣所賜。

前面文中口氣有不遜處請多見諒，來這兒之後我變得有點神經質。你好像也有類似的經驗，不是嗎。

你常說對男人要睜一隻眼、閉一隻眼，才是女人應有的態度，真的這樣嗎？戈登，其中那句『閉一隻眼』到底是指什麼？我真的一點都不懂。

它應該不是『忘記』。所謂的忘記是生理現象，並非意志的結果。雖然說有很多事情還是忘記較好，但對女人而言，這類事總是黏附心中，揮之不去。不過，這句『閉一隻眼』如果是代表絕不再犯第二次的約定，那我一定可以做得到。話說回來，對於某些不好的事，把它悶在心裡並不是最好的方法，它會像中毒那樣在身體中亂竄，逐漸擴大，終至爆發。

算了，本來並沒有要跟你談這些。我現在正努力地做一個你最喜歡的活潑、無倦容（有點輕率）的莎莉。可是，經過一年的磨練後，我可能和那位你喜歡的姑娘有些不同了。在透視人情世故、現實社會的我，已不再鎮日笑口常開。

這封信寫得好無趣，後面比前面更糟。我不知道為什麼我會有這些想法。大概是為了一位被領養的院童，因故被遣回——是個還未滿十六歲的男孩——他喝了混有乙醇的溶液差點死掉。院裏的人持續三天不停地看護，才脫離險境，但相同的事又發生了！「一樣米飼百般人。」

今天的有關內容頗多失禮處，請多包涵！

莎莉上

一月十一日

朱蒂：

連續兩通電報可不要把妳嚇著了！或許一開始我就應該寫信把事情報告清楚，這些事情經由別人的嘴巴再傳到你的耳朵一定變得很可怕。事情發生的現場的確很恐怖，好在無人死亡，重傷者一人而已。想到這幢無逃生處的建築內睡了一百多位孩子，真無法想像一旦發生事故，將如何是好？新增建的緊急出口一點用處也沒有，風吹到那裡就完全把它包起來。孩子們全部由中央樓梯救出！我把事情整個說一遍好了。

星期五剛好下雨，全天下個不停，屋頂都是濕的。夜裡氣溫急速下降，雨都變成雪雨了。十點時，我剛要上床，風越颳越大，從西北猛撲過來，屋子四周的一些東西被風吹得東倒西歪，到處撞擊，好可怕的聲音。兩點時，我的眼前一陣光亮，立刻就醒了。從床上跳下來，跑到窗戶前面一看，車庫起火了，火星隨著風吹到建物東面，像雨一樣撒了下來。我跑到洗澡場，身體伸出窗外，看到育兒室的屋頂已經有六處著火了。

那時我的心真的降到冰點了。一想到那裡有十七個小小孩，我全身僵硬，腦子一片空白。就這樣搖搖晃晃、移動膝蓋，邊跑邊抓了件上衣又跑回玄關。

我拼命地敲佩姿、馬修斯、史密斯小姐的門，這時候派西也被火災的亮光驚醒，正穿外套趕來。他三步併一步地上了二樓。

「把孩子集中在餐廳，小小孩優先，我去打電話。」我喘著氣說。

派西爬到三樓時，我已經到了電話邊了——直到交換所有人接時，我都快急瘋了！總機小姐睡著了。

「約翰．葛利亞孤兒院發生火災！請鳴火災驚報，通知村裏。另外再幫我接五〇五號。」

大夫馬上接了電話。我耳朵邊傳來了他平穩的聲音，或許我太緊張了。

「發生火災了！請你立刻多帶一些人來！」我叫著說。

「我十五分鐘內趕到。把浴盆水裝滿，毛毯全泡進去。」說完，大夫就掛了電話。

我回到玄關。佩姿拉起警報鐘，派西把B、C寢室的印第安人都叫起來了。

大家最先想到的並不是把火撲滅，而是趕緊把孩子們撤到安全的地方。從G室開始把小小孩和毯子一個接一個從床上抱起，遞給門口的印第安人，再運送下樓。G室和F室這時已滿布濃煙，而小小孩依然沈睡，怎麼弄也弄不醒。

接下來的一小時內，大家就依著每週一次的防火訓練動作，我真想向老天——還有派西也雙手合掌，下跪道謝。年紀較大的二十四位男生，在派西的指揮下有條不紊地分成四隊，不輸給軍隊，立即到達各個工作崗位。兩隊幫忙將寢室內的小朋友帶離，照應膽小者。一隊在消防人員抵達前，先用水管將水從水槽中取出，其他隊員則盡行把所有物品搬走。他們在地板上打開床單，再將櫃子、衣櫥、抽屜

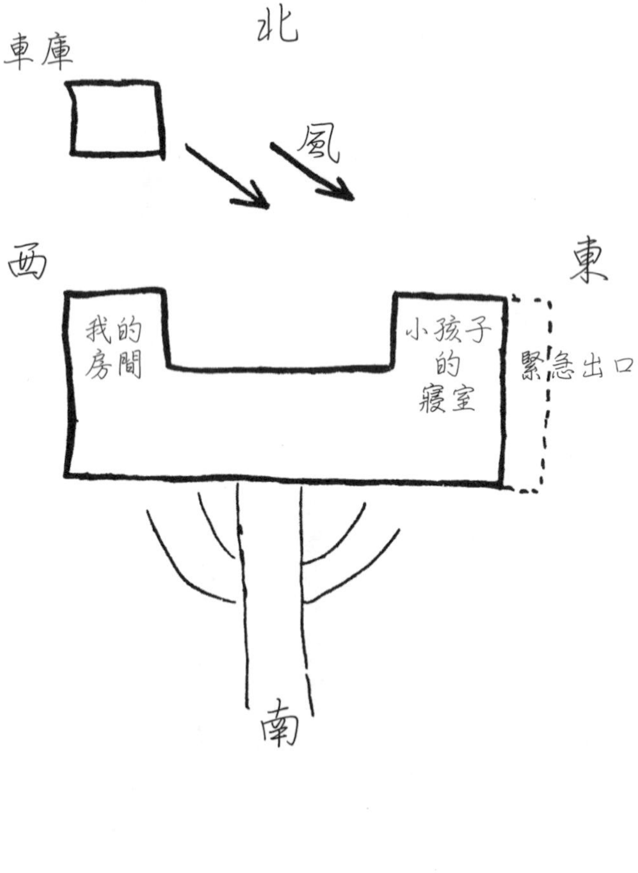

內的所有東西全倒進去，打包運走。除了孩子們身上穿的之外，全部的衣服、職員所有物皆獲救。但G室和F室的衣物、寢具則無法搶救。這兩間屋子全是煙，等到最後一位小孩離開後，進去就非常危險了。

大夫帶著附近的居民到達時，我們已經把所有寢室的孩子們全帶到離火最遠的餐廳。孩子們大都光著腳、裹上毛毯。起床時，大家都嚇得只顧逃命。此時走廊也都是一片濃煙，人都快不能呼吸了。風從我們所在的西方吹來，眼看建築物是沒希望了。

諾魯特普帶著一車的雇工也趕來，他們一下車就開始滅火。正式的消防隊員則在十分鐘後才到，也真難為這些人用馬車趕了五公里泥濘路才到。那天晚上好冷，又下著雪雨，風強得人站都站不住。男人們爬上屋頂，為防滑落，要綁上繩子才能作業。大家忙著用濕毛毯滅火種，水槽中的水不停地用管輸送上去，個個都奮勇得像獅子一般。

那時，我請大夫照顧一下孩子。我們認為要將孩子先移到到安全場所，萬一建物全被燒毀，那些沒有穿睡衣或裹毯子的孩子在外面吹到風就不好了。在這個時候，好多載滿人的汽車都跑來了。我們就徵調汽車。

恰好，諾魯特普的別墅為了慶祝主人的六十七歲生日，開放招待客人。我們先請他幫忙借給孩子們作避難所，因為它最近，他一口答應，並用車載了二十位小朋友過去。為了救火，衣服都來不及換的客人們將孩子接過，並送他們上床。孩子們將房間全佔滿了，而利馬先生（諾魯特普先生的姓）另外也將借給我們他新蓋好的一間附有車庫的大貯藏室。

在屋內將小小孩安頓好後，這位仁慈的客人又急著準備貯藏室，好收容我們較大的院童。他在地上鋪了乾草，再加上毛毯，三十位院童就跟小牛一樣並排地睡。馬修斯小姐和保姆隨侍左右，讓他們喝牛奶。不到三十分鐘，孩子們就如同平常在床上一樣，很快地入睡了。

另一方面，家中可怕的事卻一件連一件發生。

大夫問我：

「孩子的人數算了沒有？大家都在嗎？」

「寢室內都沒留人了。」

這麼亂七八糟的時候，誰還想到要算人頭。二十個年紀較大的孩子，接受派西指揮，忙著幫忙運傢具、衣物；大的女生則為了讓那些光著腳丫子，哭著跑來跑去的小小孩靜下來，正在一堆鞋山裡尋寶。

孩子們已送出七輛車時，大夫突然叫出來：「阿蕾葛拉在那兒？」

大家都傻了！沒人看見過阿蕾葛拉。突然，史密斯小姐站起來尖叫。佩姿抓住她的肩膀，用力地搖動她的身體。

「阿蕾葛拉因為感冒，我怕她吹風，所以把她移到倉庫去——我忘記了。」她哭著說。

老天呀，妳知道倉庫在那裡嗎！所有的人臉都綠了，大家面面相覷。火已經把東側燒得剩下牆壁，三樓的樓梯已經被火圍住了。沒人敢想孩子能活著。第一個動的人是大夫，他拿了地板上的毛毯衝向樓梯。我們大叫，叫他回來。他在自殺嘛！可是大夫頭也不回地消失在濃煙中。我跑到外面，向屋頂上的消防人員喊叫。倉庫的窗子很小，人不能通過，平常擔心風灌進去，都把它關起來。

我又急又怕地度過那十分鐘，我無法描述那時自己心裡的恐懼。三樓的樓梯在大夫跳離後，不到五秒鐘就全被火吞沒了。沒辦法了！不行了！當草地上的人們正在大叫時，從二樓屋內的窗口，大夫的頭伸出來，大聲叫消防人員拿梯子。大夫又不見了，我擔心那梯子怎麼架得上去。可是梯子被架上去，而三名消防人員也爬上去了。窗戶一打開就成了風口，兩人好像被捲入煙海。好久、好久，大夫終於出現了，手上抱著一團白布，他把白布交給消防人員後又再次消失。

後來幾分鐘，發生什麼事我都不知道，因為我根本不敢看，只是背過臉摀著眼睛。我只知道兩位消防人員把大夫拖出來，在下樓梯的途中，因為手滑把大夫給掉下去了，大夫被煙嗆得不能呼吸。樓梯又因為冰太滑，加上大夫精疲力盡，於是當我睜開眼睛時，大夫已咚一聲倒地，大家圍上來幫他擋風。我原來以為大夫死了，村裡的梅特卡夫醫生幫他檢查，一隻腳、兩根肋骨斷了，其他還好。大夥兒把大夫抬上車載回家時，大夫還昏迷不醒呢！

留在現場的人們一會兒就把這事給忘了，大家又繼續埋頭工作。這種時候誰都沒空去想、去判斷任何東西的價值。大夫為了阿蕾葛拉，毫不猶豫地擲出自己的生命。我到目前為止，還沒看過比這更勇敢的行為，而就在這個恐怖的夜晚，短短的十五分鐘內卻發生了。

大夫的手救了阿蕾葛拉的命。這可愛的小傢伙，當我把她從毛毯裏抱出來時，她頭髮蓬亂，大眼睛直對著我笑，好像玩了一場新遊戲似的，好快樂！她的獲救完全是奇蹟。火已經燒到離倉庫牆壁不到九十公分，而拜風向之賜，火向著對面延伸。假如史密斯小姐對新鮮空氣稍為有點好感，打開窗戶，那火可就會往回燒了。幸運的是史密斯小姐始終不相信新鮮空氣，才逃過此劫。我想，如果阿蕾葛拉遭遇不測，那我這輩子都將愧對她死去的父母，相信大夫也是一樣。

雖然院裏與個人都蒙受損失，但一想到我們已避開了悲劇的發生，心裡也有些慶幸。大夫被關在火場的七分鐘裡，我同時也嘗受到這輩子最痛苦的折磨。我以為我們兩人都完了，到現在，有時晚上睡覺時還還會被嚇醒。

對了，繼續我們的話題吧。那天充當消防員的人——尤其是諾魯特普家的司機和馬夫——整個晚上不休不眠地救火。最近雇用的黑人歐巴桑，也不輸給男人地在洗衣場生火煮了一大鍋咖啡。這是她的細心處，當男人稍停下喘口氣時，能有杯咖啡暖身，那真再好不過了。

剩下的孩子也都分別被送往各個親善家庭，暫時安頓。但年紀較大的男生依然留在現場，和大人一樣活動了整晚。由衷感謝村裡的人所伸出的援手，連平素孤兒院在那兒都不知道的人也都來幫忙，還告訴我，叫我不要客氣地使用他們的房子。這些人士把孩子帶往他們家中，讓孩子們洗澡、喝熱湯、上床睡覺。據我所知，還沒有一個小孩因為淋雨而生病的，就連患百日咳的小朋友也沒有惡化。

很快地我們就估計出那晚火災的損害情況。我的房間這邊最幸運，除了燻黑外毫無損傷。大走廊到中央樓梯毀壞情況稍輕，而其他地方則全部燻黑泡水。東側較嚴重，只剩下沒有屋頂的幾根黑樑柱，什麼都燒光了。朱蒂，妳最討厭的F室已經永遠消失了。希望它不祇是從地面上毀滅，也從妳心上永遠消失。表面上看起來，約翰．葛利亞孤兒院不管是在物質上或精神上，都徹底被打敗了……

那晚還有件有趣的事。所有在現場的男人都穿著睡衣，或捲起褲管、袖子忙成一團時，我看到了塞萊斯閣下。他穿戴整齊，就像喝下午茶一般翩然降臨，還戴上真珠領夾和毛氈拖鞋！但他還是出了力，他讓我們自由地使用他的家。當我們把歇斯底里的史密斯小姐送達他家時，塞萊斯閣下半句怨言也沒有地熱心看護、照顧她。

——以上只能大略地跟妳說明一下。我還沒碰過這麼忙的時刻。只有一件絕對需要跟妳說清楚的，妳完全沒有必要因此而中斷妳的旅程。星期六一大早，有五位董事就趕到院裏來慰問我們大家。

孩子們目前分居村中各地，他們都很好，妳可以放心。所有孩子在哪裡，我都掌握妥當，沒有行蹤不明者。我相信再也找不到比這村子的人更親切的了。經歷此事之後，我的人生觀霍然開朗起來。

直到目前，我還沒見過大夫。我打電報給紐約的外科大夫，詢問他有關骨折的事。他告訴我，嚴重骨折要花很多時間才能恢復，除了身體虛弱外，內臟應該無大礙。等我去探望他之後，再寫信詳細告訴妳。不多寫了，郵船會來不及趕上了。

再見！妳放心，不必擔憂。

在這些內容中，背後還是有很多值得高興的地方，再談了。

莎莉上

P.S.　J．F．布雷得的汽車到了！

一月十四日　約翰、葛利亞孤兒院

朱蒂：

　　仔細聽好！布雷得先生在紐約時報上看到了這兒發生火災的消息（刊登了一大篇），匆匆忙忙地就趕來了。跨過了焦黑房屋的殘骸，劈頭第一句就是問：「阿蕾葛拉沒事吧？」

　　「嗯！」我回答。

　　「啊！好極了。」布雷得吐了口氣，坐下來。「這裡沒有安置孩子的地方。」他用嚴肅的口吻說：「我要帶她走，連她的兄弟。」不等我回答，他又緊接著說：「我太太和我商量過了，要養孩子的話，一個和三個都一樣。」

　　我請布雷得先生到書房，火災後，孩子們通常在此集合。我到二樓叫其他委員。十分鐘後，當我下樓時，我看到布雷得先生抱著她的新女兒，牽著兩位新兒子，正發揮他新父親的功能。

　　理解了嗎？這是這次火災所造就的好事之一。這三個孩子有了好歸宿。

　　關於火災的原因，我還沒跟妳提過呢！太多東西要寫了。想到這兒，我的手都會痛。起初，史坦利斷定是在此度週末的客人所致。可是，據我們所知，是史坦利到酒店喝酒喝得太晚，直接回到車庫，從窗戶爬進去，點蠟燭睡覺，他睡得太熟了，又忘記把蠟燭滅掉。等到火燒著自己，他才驚醒逃命，現在人正躺在醫院裏，全身裹滿了橄欖油。他也很後悔自己造成那麼大的禍害。

由於院裏有保險，所以損失減至最低。不過，那位重傷的大夫可又另當別論。

每一個人都發揮了最大的功能，想不到人世間這麼溫馨。平常董事會或許有嚴厲的批評者？那些批評老早不見了，他們隔天一大早就趕來探望我們。各方人士也沒有例外的儘量協助院內各項事情，即連那位塞萊斯閣下現在也忙著教育寄放在他家的院童，而暫時無暇管院裏的事。

火災延續到星期六早上，而星期日就有教會牧師積極幫我們募集自願義務照顧一兩名孤兒三的禮拜的信徒。

這活動所獲得的熱烈迴響真令人感動。在三十分鐘內，孩子們就全部託寄完畢。這件事還有另一層深刻的意義，寄放孩子的家庭，從此可踏出個人關心孤兒院的第一步。而對孩子而言，他們體驗到什麼是真正的家庭生活，大部份的院童都是第一次過正常的家庭生活。

如何度過這個冬天的長期計劃，歸納如下——

坎特利俱樂部裏有供桿弟睡覺的房間，那裏冬天一向沒人使用，他們親善地提供我們自由運用。那裡離孤兒院不遠，由馬修斯小姐負責照顧十四位院童睡在那裡。每天孩子們吃完晚餐，做完功課後，即可高高興興地散步八百公尺回睡覺處。院裏的餐廳和廚房安然無恙，仍可使用。

此外，大夫隔壁那位和藹的威爾森夫人——院童羅莉塔的寄放家庭——她願意以每位四元美金的代價，幫忙照顧院童，我寄放了五位。我打算選擇年紀較大、能做家事、想學習作菜的女生來此。威爾森夫婦是對標準、樸實、勤勉又單純的人，跟他們生活在一起，女孩子應該可以獲得良好的新娘教育。

這裡東邊的諾魯特普別墅，火災當晚收容了四十七名小朋友，在那裡參加慶生會的女士們，個個都成為即席的保姆，我告訴過妳沒有？我必須跟諾魯特普先生說聲抱歉，並收回以前說過的話。我現在覺得他像一隻溫馴的綿羊。想都想不到在緊急時，他竟能做出這麼慈善的作為。他把空著的工人房重新修建；為了安置孩子，還自己雇用義大利奶媽照顧孩子；並從他自己的模範牧場送來上等鮮奶，那些牛奶可夠我們用上好久。

A寢室的十二名年紀較大的女生睡在農耕課的新房子內。可憐，只有兩天，湯費爾特夫婦就搬到村裡去了。說實話，他們夫婦真的不會照顧小孩。可是沒辦法，孩子總要有地方棲息。這群孩子中有幾位是被領養又遣回的，所以必須就近監督。忽然我靈機一動，想到海倫，趕緊拍了一封電報，請她向出版社請假，暫時來此幫忙照料女生。她一定可以做得很好。雖然麻煩，海倫還是答應來此試試看！

大孩子們都好高興，他們收到了布雷得的大禮。他為了大夫救阿蕾葛拉一命，詢問大夫孤兒院目前所需要的，結果他送了一張三千元美金的支票過來，以供我們蓋更堅固的小木屋。他和派西會同村內的木匠設計，再過兩個星期，我們的印第安族人就有他們過冬的小木屋了。

我們的一百零七名小朋友能夠住在這麼溫暖的世界裡，一場火災實在算不了什麼。

〈星期五〉

妳會不會奇怪，為什麼我一直沒有跟妳提到大夫的近況呢？因為我自己也沒看過他，我那有可能跟妳報告！他不肯見我。除了我之外，誰都跟他見過面了——佩姿、阿蕾葛拉、里巴蒙夫人、布雷得先生、派西、董事們。他們只告訴我，大夫的兩根肋骨和腓骨斷了，現正在順利回復中。腓骨應該是腳骨的醫學名稱吧。大夫不喜歡大家大肆渲染，把他視為英雄。

我是想以院長的身份向大夫道謝，可是去了好幾次，每次到了門口，總是以大夫正在休息、不方便起來會客為由，把我趕回。頭兩次我還深信不疑，但是後來——對了，他是怕我看他出糗的樣子！而且他雖然奮勇救回阿蕾葛拉的生命，但我卻把他們分開了，這是佩姿提醒我的。

大夫的心思我竟然一點都不了解。本來好好的心情都因為見不到他而破壞，還要佩姿來點破。不過大夫也真是的，不喜歡和我個人交際，也應該給院長面子。這傢伙可說是最標準的蘇格蘭人！

〈再次提筆〉

這封長信要寄到牙買加，大概要貼好多好多郵票，誰叫我有那麼多要讓妳知道的要事。院裏從一八七六年建成以來，還沒有像現在這麼有朝氣。在這場火災中，我們遭受了莫大的衝擊，但相對的，這把火也省掉我們幾年的努力。我覺得孤兒院要捨棄舊式設備及發霉的老思想，最好是每二十五年就燒一次。剛好查比斯捐贈的錢去年夏天沒有全部用完，而且用那筆錢所增建的地方也無損毀。燒掉的是約翰．葛利亞用賣鴉片賺來的錢所蓋的建築物。

被燒毀的地方我們用焦油紙板圍起來，活動都在另一邊進行，尚稱方便。職員和孩子們用餐的地方和廚房是夠用了。這次火災究竟帶來什麼影響？了解嗎？神一定聽到我們的禱告了，約翰．葛利亞孤兒院要進行小家庭組織計劃了！

北半球最忙的　S．瑪格布萊德上

一月十六日　約翰・葛利亞孤兒院

戈登先生：

不管你是不是開玩笑，請你不要再給我製造問題了。要我現在拋棄孤兒院，那是絕對不可能的事。現在孩子在我心目中是最重要的，無論如何都不能放開。我也沒有打算要把這種煩人的慈善事業停掉。（這是借用你那句煩人慈善事業的形容詞！）

不用你操心，我不會過份勞累。我每天都很快樂，過著最幸福的日子。報紙太誇大這裡的火災情形。那張我兩脇下夾著孩子從屋頂往下跳的素描，好是好，就怕把孩子的喉嚨夾痛了。除了大夫很悲慘地被蒙上了石膏之外，其他全員均無損，一切安好。

詳細內容我無法一一轉述。我現在忙得連坐下的時間也沒有，所以拜託你不要來！我想再過一陣子，我們倆應該找個時間好好談談，在這以前，我希望能先長考一下。

S

一月二十一日

朱蒂：

果然不出所料，海倫將那群燙手芋似的十四名女童管理得棒極了。這件事可是院裏最頭痛的問題，可是海倫處理得皆大歡喜，她應該可以成為我們這裡最有力的職員吧。

啊，我忘了告訴妳有關拳頭師父的事。火災發生時正在旅行的兩位老小姐立刻從加州搭火車趕到院裏——把拳頭師父連同行李迅速地帶走了。所以呢，拳頭師父這個冬天肯定會在巴沙提那度過。想不到吧！真叫我高興。

〈再次提筆〉

嚴重失戀的派西昨晚到我這兒來，談話談到剛才。他以為只有我才能了解他的苦處。為什麼要吐苦水時，大家都會想到我呢？我已經很厭煩自己那些言不由衷的同情話。派西現在很頹喪——如果能借用佩姿的手——他應該可以度過這個難關。他並沒有發覺自己有點喜歡佩姿，他把自己侷限於自悲自憐的狀況。我注意到，只要佩姿在身旁，不管任何事他都特別樂意幫忙。

戈登拍電報來，通知明天到此。我滿害怕跟他見面，我們一定會吵架。火災後的隔天，他寫信來叫我「離開孤兒院」，立刻跟他結婚，他就是來解決這事的。要把這關係到一百多位孤兒幸福的工作一腳踢開，我無論如何也做不到。但跟他說破了嘴，他還是不了解這理由。我千方百計勸他不要來，他硬是闖來，我們以後要怎麼相處呢？我真不敢想像！我好想躲起來。

大夫雖然手上還上著石膏，說話依然意氣激昂，看起來精神好得很，已經可以起床和經過「篩選」的客人會面。麥達克管家則守在門口選擇客人，碰到她不喜歡的客人，就請人回去。

再見！我睏了，眼睛好像要閉上了。（這是莎堤常說的話。）晚安，明天又必須面對一百零七個問題。

代向班頓先生及二世問好。

S·瑪格布萊德上

一月二十二日

朱蒂：

這封信和孤兒院毫無關係，只是一位名叫「莎莉」的人所寄出的。

記得大學時唸過一本書，其中有一句話，我從沒有忘過：「人的一生就像站在懸崖邊，隨時會有跌落的危險。」我現在就像是站在懸崖邊，四周茫然一片，一不小心就會失事。

我和戈登的婚約，坦白說，原本我是充滿憧憬的，可是現在我越來越擔心了。他所愛的女人和我心中一直想成為的人物截然不同，那樣的女人也是一年來我一直逃避的形象。我假裝戈登常逗留在我的腦海中。

總之，我終於擺脫那個虛構的女人了，隨著我和戈登婚約的解除。我們兩人沒有共同的興趣、朋友。他不了解我的心，我強迫自己關心他的生活，贊同他的想法。他和我在一起當然會關心我，我也儘量談他喜歡的話題。但——我的價值觀和他完全不一樣——跟他在一起時我都在演戲，那不是真正的我。如果叫我和他在一起生活，那我就必須演戲演一輩子了，看他的臉色、強顏歡笑、照他的希望行動。他永遠都不會懂，我跟他一樣是人。

有社交教養、會打扮、引人注目，適合當政治家的家庭主婦——這就是他喜歡我的理由。

我想不消幾年，我大概會跟海倫一樣，這事實驚醒了我。不祇是妳，朱蒂，海倫也是我未來婚姻生活的借鏡。像妳和查比斯這樣的夫妻替世界造了好多麻煩。看了妳這種幸福、安樂、融洽的生活，女孩子很容易就會和剛碰面的男人結婚——而這種匆促下的決定，通常抓到的都是些莫名其妙的男人。

尤其戈登和我，已經無可避免地經常吵架。我並不希望只因吵架就分手，但一想到那人的脾氣——再加上我的火爆——兩人勢必難逃大吵大鬧的命運。

戈登今天下午在我寄出希望他不要來的信後，來到這裡。兩人到外面散步，三個半鐘頭的時間就在那空無一物的曠野走著，把心中所有的話都說開了。因此我們這次解除婚約，可絲毫沒有半點誤解！

這次談話就在戈登說他不會再來中結束。我站在曠原上，看到他的影子在我眼前消失，自己突然意識到自己已經自由，可以隨心所欲了。我鬆了口氣，心中那無法形容的感覺——霍然開釋、獨立快樂的感覺——絕對是妳這種婚姻幸福的人沒辦法理解的。我展開雙臂，好想把世界緊緊地抱住。

火災發生的那個晚上，當我注視孤兒院的房子被火燒著時，我才覺悟自己除了必須面對重建新孤兒院之外，也不能再逃避大夫了。在大夫不知死活的瞬間，我才意識到和戈登比起來，大夫的生命對我的意義重大多了。我無法割捨大夫，所以我一直逗留在此，我必須把我們兩人所擬定的計劃全部實行才肯罷休。

我話說得這麼亂，是因為我的心情也是亂糟糟的，有一大堆想說的話。回想自己站在寒冬的曠野中，吸一口沁涼的空氣，充分地古子受自由的滋味，真想大聲歌唱。

回到家時，迎接我的是那滿堂孩子進餐的快樂嘈雜聲。他們真正變成我的孩子了。在那之前，隨著命運之日的接近，我和孩子也逐漸遠離。我抱起最近的孩子，把他緊緊地擁在懷裏。我覺得自己充滿了新生命，好像剛脫離牢獄的桎梏。這封信妳也別讓查比斯看，只把我這次解除婚約的事說得感傷、委婉一點。

夜深了，我想睡了。不用和不想結婚的人結婚，真棒！我家還沒發生過離婚的事件，這下可好，非掀起軒然大波不可。

我一向是任意慣了，倒可憐了戈登，他一定又失望又喪氣，外表頹廢不堪！他會再找到一個和我一樣有顯眼的髮色，能充當出色女主人的女孩，不過這位女孩絕不會是除了社會事業、女人使命，對其他一般熱中的各項事物皆無興趣，討厭接觸現實社會的女人。（這些是轉述戈登自暴自棄時說的話。）

現在我似乎正和妳一起站在海邊，看著那藍藍的海。向加勒比海問安，再會！

莎莉上

一月二十七日

馬克廉大夫：

我很擔心這封信會不會在你醒著時送到你手中。我去了四次，非常小心地依照各式探病的規矩和禮貌，去向你道謝和問候，你一定知道吧？聽到因為慕名而至的那些教區婦人所贈送的鮮花、果凍、烤雞，而讓你目不暇給的事，令我非常生氣。和那些頭戴寬邊帽的女士比起來，戴手編帽子的我應該更可以帶給你快樂才對。在我們成為朋友的過程中，的確是有一、兩件最好是把它忘記的爭執，但也沒有理由單為這一、兩件事把我們的友誼打散了。我們應該彼此努力地把它忘了吧？

經過這次火災，讓我體會到很多意想不到的溫情，就像你所付出的。我現在已經了解你了，不管外表上你表現得多唐突、冷漠、悲觀、不近人情、乖僻（蘇格蘭式），還是騙不了我。我對人心已有了新的看法，這是這十個月來被你訓練成的。其實你是一位溫柔、富同情心、機警、寬容別人的人。所以，拜託下次我再去探望你時，不要趕我走了。我們一起為時間動手術，把這前面的五個月切斷、忘掉它好嗎。

讓我們直接飛回到那個快樂的星期日，還記得嗎？今天就是那天的隔日。

莎莉．瑪格布萊德

P.S. 如果我屈服，那也請你拋棄成見。這並不代表我打算重溫舊事。另外，我也不會像那些仰慕你的婦人一樣，又親你的手、又趴在你的棉被上哭。

〈星期四　約翰．葛利亞孤兒院〉

親愛的敵人：

我現在對你特別有好感。當我叫你『馬克廉』時就是我討厭你；反過來，稱你『親愛的敵人』時，就是喜歡你。

莎堤將你的信交給我了（完全意想不到）。雖然用左手寫，卻很不錯。乍然一瞧，還以為是拳頭師父寄來的信。

四點時我一定會去看你，你千萬不能睡覺！真高興你也希望恢復友誼。我好像又拾回了一些很重要，曾經不小心把它遺失的東西。

P.S. 火災那晚、金剛感冒了，並且又苦於牙疼。和人類的孩子一樣，抱著兩頰直哼。

莎莉上

一月二十九日　星期四

朱蒂：

上週匆忙地寫了十八頁未經整理的信給妳，妳有沒有照我的話把那些信撕了丟掉？哪天我的信收集成冊時，那種東西出現就不妙了。

目前本人心情好極了，已經沒有什麼事可以激怒我。一般人對於婚約都感到快活，而我解除婚約的快樂卻沒有東西可比。以前幾個月的慌張、不安現已全部解除。還沒看過這麼愉快地迎接獨身生活的人。

我相信這次火災真的是神故意安排的。託神的福，重建孤兒院的大道平坦寬敞。我們已把各種建造小屋的計劃籌備完畢。我贊成上灰色泥，佩姿傾向紅磚，派西強調它應是木造的。還沒問大夫的意見，不過他似乎對漆黃綠色的複式屋頂有偏好。

廚房分成十處，假以時日，孩子們一定很會煮菜。到各個小屋擔任主婦的人選尚在物色中，我想找十一位，大夫也需要一位。他跟孩子一樣缺乏媽媽，每天晚上回家吃麥達克管家的飯，太可怕了。

我真討厭那位管家。她很愉快地跟我說了四次：「大夫睡了，不能會客。」不過，明天四點半的時候，我打算和大夫作三十分鐘簡單的會面，到時她說什麼理由都不成。這是大夫自己和我約好的，麥達克小姐再說大夫睡了，我就要硬闖，不管她。

大夫那位司機、雜工、兼花匠的傭工，這下子又成了護士。真想看到他穿圍兜、戴白帽的樣子。

有信來了，是布雷得夫人寄來的信，讓我們知道孩子們過得很幸福。附有照片——大家都坐在兩輪馬車上，克力弗特滿臉得意地拉著韁繩，馬僮在旁壓住馬頭。從這三個孩子的眼中，應該可以看得出孩子的新生活如何吧？

真為他們高興，可是一想到他們似乎已經忘了那位為他們犧牲的父親時，心裡不免有一絲黯然。布雷得夫婦費盡一切努力，希望孩子們能忘記以前的雙親。他們不喜歡再有別的事來困擾孩子，他們要孩子完全為自己所擁有。

〈星期五〉

今天，我見到了大夫。他全身幾乎都裹上繃帶，好悲慘。我們把彼此之間那個誤解的洞掩埋了，兩個人就這麼正經八百的談話，誰也沒有把心中那扇門打開，相信嗎？我是還不知道對方的心，所以不敢貿然，而對方也相同。我們採取了北方人沈默的表現方式，我覺得或許南方人那種說個不停的熱情表示方法可能更好些。

不過，朱蒂，有件令人震驚的事——去年大夫曾到精神病院去了十幾天沒有回來，我還發了一頓牢騷，記得嗎？天啊！我太不懂事了！他是去辦理他太太的葬禮。可惡的是，麥達克小姐知道這事，卻不肯透露半分。

大夫小心、仔細地說出這件事。他結婚後，就注意到夫人的神經漸不穩定，而站在一位醫者的立場，總是想盡自己的能力把她治好。況且，這位夫人真是位美人！為了馬克廉夫人，大夫把在城市的診所關閉，搬到鄉下開業。可是在女兒出生後，夫人就嚴重到須送走了，套句麥達克小姐的話說：「必須把老婆攆走」的地步。女兒現在六歲了，看起來可愛、好乖，但根據大夫的話來推測，有時也不太穩定，需要護士隨時照顧。這件事使這位忍耐力特強、又可憐的大夫蒙上了一層陰影。即使有時他的脾氣暴躁，終究還是位忍耐力特強的人！

代我謝謝查比斯的來信。想到妳回來，我們可以討論孤兒院的重建計劃時，我好興奮！在這之前的一年可算是我的修業時代，從現在開始，我自己好像要踏出新的一步，我要蓋一間最偉大的孤兒院。想到將來，我快樂的情緒就會達到頂點，早上我想跳躍，我的心想歌唱，我每天都能精神飽滿地工作。向約翰·葛利亞孤兒院最好的兩位友人致敬！

莎莉上

〈星期六　上午六點半　約翰·葛利亞孤兒院〉

懷念的敵人：

「從不久前開始，起床變成了美好的事情。」

一睜開眼，自己也被這事實嚇了一跳！我也不知道自己為什麼這樣開心。

天還沒亮，但我已迫不及待，心裡好興奮，必須寫信告訴你。這封信未經修改，我讓小朋友帶給你，它應該會和麥片一起放在托盤上送達你的手。

下午四點，我會隨後去探訪。不帶小朋友，在那裡和你磨菇兩小時，麥達克小姐會怎麼說？當我說我不會拿起你的手親吻、在棉被上掉眼淚時，我可是說真的喲！可是——我不是做出比這兩者更友善的動作嗎——在我跨過你家的地毯，到滿身繃帶、蓬頭亂髮、躺在枕頭上的你之前，我從來沒有發現到自己那麼愛你。抱著身體的三分之一裹著繃帶的你，我才知道自己愛你已深！

可是，羅賓，你好笨！這些日子以來，你雖然儘量誇大你那蘇格蘭式的動作，但我還是認為你的內心一直在召喚我，要我靠近？在有人的場合上，你那冷漠的態度令人誤解，但卻令我更想一探你的內心深處。即使我有這些感覺，我們兩人還是連嘗試的勇氣也沒有。

我們不要再回想過去了。我們應該把這世上最幸福的兩件事，擁有愛情的婚姻和從事喜愛的工作，當做是兩人共同所有。

昨天，和你分手後，我好像放下心中一塊大石地回到這裡。我本想自己一個人好好地想一下，但佩姿、派西和里巴蒙夫人（事先已約好）一起和我用晚餐。吃完飯後，我又必須下樓和孩子們談話。星期五晚上——大家團聚的溫馨之夜，里巴蒙夫人帶來很多新雨衣，所以我也必須坐下來陪她聊天。可是，突然真不可思議地——當拿出最後一件雨衣時，我耳際響起了一首歌，眼淚禁不住流了出來！趕快抱住最近的一位小朋友，把臉埋在他的肩膀上，免得讓人看見淚水。

約翰，我親愛的約翰！
回憶起我們曾經相互扶持，
登上高峰，度過快樂的時光。
現在腳下雖危險，但
我們還是會手拉著手走下去，
在山底下休息。
約翰？我親愛的約翰！

等到我倆老的時候，腰彎了，腳步不穩，不管是你還是我都會無悔地回顧，我們曾經度過的快樂時光吧？和自己心愛的人一起工作、休息，共同應付每日不斷地各種問題，這不是太棒了嗎？我已經不再害怕面對未來，大夫，和你在一起令我心安！

「時間，就像我們常去釣魚的那條河的流水一樣。」

我愛這個孤兒院，是因為孤兒們需要我；當然，愛你也是理由之一。你希望所有不幸的人都能過著和你一樣的生活，這點是讓我愛上你的最大原因。

我們要在孤兒院對面那座山丘的最高處，蓋一個家——以黃色裝潢的別墅如何？還是粉紅色的較好？但絕對不能用綠色，而且也不用複式屋頂。我們蓋一間明亮的大客廳，它的壁爐和窗戶也都好大，我們可以看見整座山谷，可是那裡面不能有麥達克小姐——她太可怕了！如果讓她知道了，一定會很生氣，然後煮出一頓很糟的飯給你吃！不過，這事還要隔好久才會讓別人知道，包括麥達克小姐。我取消婚約的事對大家來說，都會覺得挺嚴重的。昨天寫信給朱蒂時，發揮了前所未有的自制力，對於我們的事隻字未提，我看我也快有那種蘇格蘭人沈默的特徵了！

像剛才所寫的，我不知道自己早已愛上你，有時又懷疑那是不是真的。是那場火讓我明白我的所愛。在你衝進那屋內的三十分鐘內，不知你的生死，我從來沒有那麼痛苦過。假如那時你死了，那我這輩子再也無法將胸口的那一處傷口治好，我們倆之間那段可怕的誤解永遠無法抹消！我好想再看到你，將這五個月來堆積在心中的所有的話都告訴你，一刻也不能再等。後來，你受傷了，卻不准我接近你。知道嗎，我的心嚴重的受到創傷。其實你最想見到我，你壓抑自己，這種蘇格蘭式的表現方式為什麼我沒有看出來呢？

大夫，你真是個演戲高手。不管了，以後在我們倆的生活中，若還有任何誤解，不論它有多麼小，都不准你把它關在心裡，一定要說出來，就這樣約定了。

昨天晚上，大家情緒都很高亢——孩子們都不在，好在！他們也很早就回去了——我上二樓，寫信給朱蒂。眼光接觸到電話，好誘人；好想撥五〇五號，跟你道晚安；但我沒有勇氣。就這樣一個人，心情愉快地獨處。不能和你說話，找本詩集代替，看了一個鐘頭左右。我睏了，腦子裡哼起了蘇格蘭的情歌。現在天亮了，我把那首歌寫下來送給你。

再會！羅賓，我好愛你！

莎莉上

〈全書終〉

國家圖書館出版品預行編目資料

親愛的敵人／珍・韋伯斯特／著，李常傳／譯
-- 二版 -- 新北市：新潮社，2020.07
面；　公分
譯自：Dear Enemy
ISBN 978-986-316-765-5（平裝）

874.596　　109005628

親愛的敵人

珍・韋伯斯特／著
李常傳／譯

【策　劃】林郁
【制　作】天蠍座文創
【出　版】新潮社文化事業有限公司
電話：(02) 8666-5711
傳真：(02) 8666-5833
E-mail：service@xcsbook.com.tw

【總經銷】創智文化有限公司
新北市土城區忠承路 89 號 6F（永寧科技園區）
電話：2268-3489
傳真：2269-6560

印前作業　菩薩蠻數位文化有限公司

二　版　2020 年 07 月